KB123675

로크미디어가
유혹하는
재미있는 세상

ROK
MEDIA
로크미디어

이것이 법이다

이것이 법이다 115

2021년 7월 5일 초판 1쇄 인쇄
2021년 7월 8일 초판 1쇄 발행

지은이 자카예프
발행인 김정수 강준규

기획 이기헌 왕소현 박경무 강민구
책임편집 최전경
마케팅지원 배진경 임혜솔 송지유 이영선

발행처 (주)로크미디어
출판등록 2003년 3월 24일
주소 서울시 마포구 성암로 330 DMC첨단산업센터 318호
Tel (02)3273-5135 **편집** 070-7863-8592 **Fax** (02)3273-5134
홈페이지 rokmedia.com **E-mail** rokmedia@empas.com

ⓒ 자카예프, 2015

값 8,000원

ISBN 979-11-354-8918-1 (115권)
ISBN 979-11-255-9575-5 04810 (세트)

이것이 법이다

115

자카예프 장편소설

ROK MEDIA
로크미디어

CONTENTS

고래 싸움에 새우는 주워 먹는다

"보험회사요?"

"그렇습니다."

"우리가 확보한 피해자들이 아니고요?"

엠버는 노형진의 말에 깜짝 놀랐다.

노형진이 징벌적 손해배상을 청구하자고 했을 때 그녀는 당연히 피해자 위주로 하려는 줄 알았다.

그런데 노형진은 이번에는 진짜 피해자가 아니라 보험회사라는 거대한 괴물을 끼자고 했다.

"우리는 가능하면 한 방에 의료 재단들에 피해를 줘야 합니다. 그런데 피해자들과 결탁하는 것은 아무래도 한계가 있지요. 엠버, 만일 피해자 한 명 또는 몇 명이 징벌적 배상을 요청할 경우 그 배상 규모가 어떻게 될 거라 생각합니까?"

"그건……."

엠버는 잠깐 고민하다가 노형진이 왜 보험회사를 끼워 넣었는지 알아차렸다.

"기껏해야 몇천억이겠군요."

재단 하나 정도는 날릴 수 있겠지만 노형진이 설계한 거대한 그림을 그리기에는 너무나 턱도 없는 금액이다.

아니, 사실 이 정도면 재단 하나 날리는 것도 힘들다.

재단에 속한 병원 하나만 팔아도 그 정도는 나올 테니까.

"그리고 징벌적 배상이라는 건 최초의 재판에 한합니다."

가령 동일한 사건이 있다고 해서 모두 징벌적 배상을 적용하지는 않는다.

이게 무슨 소리냐면, 최초의 사건이라면 기업에 대해 처벌을 목적으로 징벌적 배상이 적용될 여지가 있지만, 그 후에 동일한 재판을 하면 그때는 이미 징벌이 이루어진 상황이기 때문에 일반적인 경우에 준해서 배상금을 받는다는 거다.

"물론 그것도 일반인들의 입장에서는 적지 않은 돈이겠지만요."

"하지만 금액 자체가 일단 작아지는 거군요."

"맞습니다. 물론 피해자들이 다들 고소와 고발을 하겠지만 결국 평균의 배상금이 들어가는 거지 의료 기업들이 쓰러질 정도의 타격은 못 줍니다. 그리고 결정적으로 엠버 스스로가 말하지 않았습니까, 의료계는 미국의 3대 로비스트라고?"

"그렇지요. 하긴, 징벌적 배상을 신청하는 사람의 피해 규모에 따라서도 그 배상금이 달라지기는 하겠네요."

엄밀하게 말해서 피해 규모가 큰 건 개인이 아니라 보험회사다.

그럴 수밖에 없다. 개개인은 보험에 들어서 그 돈을 보험사에서 지출하는 형태니까.

"그런 경우 징벌적 배상이 안 먹힐 수도 있습니다."

"아아…… 그걸 생각 못 했네요."

어마어마한 로비를 하는 의료계.

더불어 실질적 피해는 별로 없는 피해자들.

물론 보험이 없는 사람들에게도 그런 수작질은 할 수 있다. 하지만 노형진의 생각에 그럴 가능성은 높지 않았다.

일단 보험금이 없는 사람은 큰 병에 걸렸다고 하면 그냥 포기할 가능성이 높다.

물론 살고 싶다고 어떻게 해서든 치료받을 수도 있기는 하다.

하지만 이 사기의 가장 핵심은 그가 다른 병원에서 추가 진단을 받지 못하게 하는 데 있다.

그런데 보험이 없는 사람은 이 병원에서 받으나 저 병원에서 받으나 결국 돈이 나가는 건 같다.

당연히 다른 병원에 갈 가능성이 존재한다.

하지만 보험이 있는 사람은 진짜 병이라면 그때부터 들어갈 어마어마한 돈 때문에라도 보험이 있는 병원을 선택할 수밖에 없다.

"그러니 보험사가 병원을 대상으로 소송하도록 해야 합니다."

"하긴, 보험사들의 피해는 아마 몇천억 달러는 우습게 넘어갈 테니까요."

그에 준해서 징벌적 배상을 때려 버리면 미국의 대다수 의료 기업들은 안 넘어갈 수가 없다.

"결정적으로 로비라는 건 결국 돈이 있는 사람들이 하는 거죠."

의료 쪽에서 로비한다고 해서 무조건 의료 기업에서 하는 건 아니다.

어떤 면에서 보면 이런 미친 듯한 미국의 의료 시스템을 유지하는 데 힘쓰는 곳은 의료 기업보다는 보험사다.

실제로 로비력만 따지자면 병원보다는 보험사가 훨씬 압도적이라고 봐야 한다.

"우리가 힘이 없는데 왜 직접 고래와 싸워야겠습니까? 우리는 새우입니다."

"새우라……. 하긴 한국 속담 중에 고래 싸움에 새우 등 터진다는 말이 있다고 들었어요. 그런데 그러면, 우리가 끼어들면 우리 등이 터지는 거 아니에요?"

노형진은 그 말에 고개를 흔들었다.

"만일 그 사이에 정확하게 끼어든다면 당연히 우리 등짝이 터지겠지요. 하지만 우리는 거기에 끼어들지 않는다면? 그러면 이야기는 좀 다릅니다."

이쪽은 끼어들지 않고 고래끼리 싸움을 붙인다.

그리고 그 둘이 죽을 때까지 싸우게 만든다.

"결국 죽은 고래는 자연으로 돌아가죠."

죽은 고래는 물속으로 가라앉을 테고 다른 생물의 먹이가 된다. 그게 자연의 섭리다.

아무리 큰 고래도 결국 언젠가는 죽고 다른 누군가에게 먹히는 것.

"결국 우리가 고래를 죽여서 빨아먹는 거군요."

"맞습니다. 이번 작전의 핵심은 그거죠."

"하지만 이걸 가지고 우리가 보험사를 찾아가는 건 힘들지 않을까요?"

"그럴 리가요."

노형진이 피식 웃었다.

"우리에게는 미다스라는 가장 강력한 아군이 있지 않습니까, 후후후."

⚖️

미국에서 보험업은 상당히 돈이 되는 부분이다.

당연히 미다스뿐만 아니라 마이스터 역시 적지 않은 돈을 투자했다.

　실제로 노형진은 일본을 엿 먹일 때 그 지분을 써먹은 적이 있다.

　'그리고 이번에도 써먹는 거지.'

　기업의 지분을 가지고 있다는 것은 어마어마한 이득이니까.

　"지금 이런 사기가 벌어지고 있다는 것도 모르고 있었다는 게 말이나 됩니까?"

　엠버가 확보한 자료는 상당히 충실했다.

　충실하다 못해서 넘쳐 났다.

　물론 많은 물량은 아니다.

　하지만 보험회사의 주주총회에서 핵폭탄을 던질 정도의 물량은 되었다.

　"지금 각 의료 기업은 존재하지도 않는 병을 치료하고 그에 대한 대가로 매년 수십억 달러를 우리 보험사로부터 챙겨 가고 있습니다. 이게 말이나 된다고 생각합니까?"

　"이게…… 사실입니까?"

　"제가 여기까지 와서 농담하게 생겼습니까?"

　보험사의 경영인과 이사들은 노형진이 던진 핵폭탄을 받고 너무 당황해서 어쩔 줄 몰라 했다.

　"매년 수십억 달러입니다. 이게 줄줄 새는 줄도 모르고 주주에 대한 할당량을 깎아요?"

"아니…… 이게, 저희는 이런 부분까지 확인하지 않아
서……."

'당연하지.'

보험회사는 보험금을 지급하는 곳이지 검사해 주는 곳이
아니다.

그러니 피보험자가 진짜로 병에 걸렸는지, 왜 입원했는지
는 중요하지 않다.

얼마나 돈을 줘야 하는가만 중요할 뿐.

'표정 봐라, 가관이다.'

투자자들과 주주들은 노형진이 가지고 온 서류를 보고 당
혹감을 감추지 못했고, 그중 몇몇은 서둘러서 어디론가 전화
를 했다.

'이런 대규모 투자를 한 사람들이 바보는 아닐 거야.'

엠버가 그랬듯 그리고 로버트가 그랬듯이, 바로 이게 가질
파괴력을 알아챈 것이다.

당연히 저들은 지금 당장 의료 기업에 대한 투자를 회수하
라고 난리치는 중일 거고.

'나야 뭐 일찌감치 회수했지만 말이지.'

그렇다고 해서 노형진이 그들의 이탈을 막을 생각은 없다.

도리어 그걸 가속화시키는 게 목적이다.

그들의 행동 역시 노형진의 계획 안에 있으니까.

"도대체 일을 어떻게 하는 겁니까! 지난번에는 자발적 암 환자에게 돈을 퍼 주더니 이제는 병원에다가 돈을 퍼 줘요? 주주를 아주 개떡으로 알지."

"그게…… 아닙니다. 진짜 아닙니다. 저희는 분명히 변수에 대한 충분한 검토를……."

"그래서? 그 변수에 대한 검토를 어떻게 하는데요?"

"그…… 병원에서 오는 모든 자료를 분석 담당 의사들이 조사해서……."

"애초부터 조작된 자료가 오면요?"

"……."

실제로 미국의 보험회사에서 자료가 들어온다고 해서 무조건 돈을 주지는 않는다.

그랬다면 미국이 아니다.

자료가 들어오면 그걸 분석하고 어떻게 해서든 돈을 주지 않기 위해 전담 변호사와 전담 의료진이 상시 대기하고 있다.

'그래 봤자 병원에서 작심하고 조작하는데 그게 될 리가 있나?'

그런 분석관들에게 의료 지식이 있다고 하지만 자료만 가지고 가짜임을 판별한다는 건 불가능하다.

그가 봐야 하는 의료 기록이 한두 가지가 아니라서 그걸 다 기억하는 건 불가능에 가까운 데다가, 파타같이 전국 체인을 가지고 있는 곳에서는 조작하는 것이 너무나도 쉬운 일이다.

로스앤젤레스에서 발생한 암 환자의 차트를 뉴욕으로 보내거나 워싱턴에서 발생한 백혈병 환자의 차트를 라스베이거스로 보내는 식으로 해 버리면 그 지역의 분석관들에게는 전혀 새로운 분석 대상일 뿐이고 그게 가짜라고 생각할 수도 없다.

왜냐하면 실제로는 다른 곳에서 제대로 치료가 진행 중인 상황인 데다 그 경우에 분석 자료를 보면 그게 가짜라는 걸 확신할 수 있는 수단은 없으니까.

"파타뿐만이 아닙니다. 우리가 조사한 자료에 따르면 대형 병원 기업들은 다 이딴 짓을 하고 있어요. 미쳤습니까? 그냥 우리 돈이 공돈인 줄 알지?"

노형진이 발끈할수록 다른 사람들 역시 발끈했다.

물론 병원 쪽에 투자한 사람들은 머리 아프다는 표정이 역력했다.

"이거 어쩔 겁니까?"

"이 건에 대해서는……."

사실 답은 정해져 있다.

여기서 '조사하겠습니다. 확인해 보겠습니다.'라는 답변을 하면 '내가 경영인 자리에서 내려오겠습니다.'라는 소리와 마찬가지다.

"당장 조사하고, 확인 결과가 맞으면 소송을 진행하도록 하겠습니다."

"그럼! 당장 해야지!"

"맞아! 이런 짓을 수십 년 동안 해 왔다는 건 우리에 대한 모욕이야!"

"제대로 혼을 내야지!"

언성이 높아지는 와중에 몇몇은 머리를 부여잡고 있었다.

'아무래도 저쪽은 병원에 더 많이 투자한 사람들 같은데.'

그런데 그게 날아가게 생겼으니 타격이 클 수밖에 없다.

'자, 그러면…… 우리도 돈 좀 벌어 볼까?'

노형진은 뒤숭숭한 분위기가 끝난 후에도 바로 가지 않고 로비에서 열을 식히는 척했다.

그런 노형진에게 몇몇 사람들이 다가왔다.

"미스터 노, 이 정보는 어디서 나온 겁니까?"

"미다스에게서 나온 정보입니다. 지금 미다스는 어마어마하게 분노하고 있습니다."

"그러겠지요, 우리도 이렇게 화가 나는데."

몇몇은 주먹을 부들부들 떤다.

하긴 투자금을 생각하면 그 피해가 절대 작지는 않을 테니까.

"그런데 말입니다, 이게 다는 아니죠?"

"다일 리가 있겠습니까? 자료를 여기까지 다 가지고 오려면 트럭을 불러서 여기를 꽉 채워도 안 될 겁니다."

"으음……."

노형진은 저들이 자신에게 접근한 이유를 안다.

'그래…… 삼켜라, 삼켜. 안 삼킬 수가 없겠지.'

그들이 자신에게 접근한 이유. 그건 자료의 확보 때문이다.

"미스터 노, 이 자료는 그러면 어디서 관리합니까?"

"자료 자체를 가지고 있는 곳은 마이스터와 드림 로펌입니다."

"그러면…… 혹시 드림 로펌에서 자료를 받을 수 있을까요?"

"불가합니다."

자료의 증명은 아주 중요한 문제다.

'너희들은 당장 투자금 반환 청구 소송을 하려고 하겠지.'

그런데 투자라는 건 그 돈이 상실될 가능성을 감안하고 넣는 돈이다.

즉, 상대방이 그 돈을 날릴 수밖에 없을 정도로 부도덕한 짓을 하지 않은 이상 자칫하면 날리는 거다.

하지만 현 상황을 보면 상대방은 명백하게 부도덕한 행동을 했다.

그러니 당연히 그 돈을 되찾을 시간이 있다.

물론 그러기 위해서는 투자금 반환 청구 소송을 해야 한다.

'그리고 그 부도덕의 증거는 내가 가지고 있지.'

그런데 저들은 이미 거래하는 로펌이 있다.

사실 저 정도 되는 사람이라면 그런 로펌이 없으면 이상한 거다.

'문제는 자료의 소유권.'

자료의 소유권은 드림에 있는데, 드림이 순순히 넘겨줄 리가 없다.

하지만 그렇다고 자료 없이 소송하면 이길 가능성이 낮아지니 돈을 빼낼 가능성 역시 낮아진다.

즉, 저들은 지금 상황에서 어쩔 수 없이 드림 로펌에 일을 맡겨야 한다는 거다.

'그리고 자료를 가지고 있는 이상 위임 거래에서 유리한 건 드림 로펌이지.'

그러니 저들은 돈을 조금 아껴 보자고 혹시나 자료를 받을 수 있는지 물어보는 거다.

하지만 노형진이 바보도 아니고, 그들의 돈을 쪽쪽 빨아먹을 수 있는데 그걸 '아, 네. 드리겠습니다.'라고 하겠는가?

"어떻게 안 될까요?"

"미안합니다, 미스터 에디. 아시겠지만 저는 엄밀하게 말하면 미다스의 아시아 대리인입니다. 미국의 미다스 대리인은 드림 로펌과 엠버 존슨 양이고요. 이번 사건의 경우 그녀가 소송의 전면에 나서야 하다 보니 제가 대신해서 출석한 것뿐, 제가 미국에서 엠버 잭슨 양의 권한을 침해할 수는 없습니다."

즉, 그는 자료를 줄 수 없다는 거다.

"그러면 그 자료를 받기 위해서는 드림 로펌으로 가야 한다는 거군요."

"그렇습니다, 미스터 에디."

결국 그들은 마음을 굳혔다. 여기서 돈 조금 아껴 보겠다고 자료 없이 소송하는 건 진짜 멍청한 짓이다.

"감사합니다, 미스터 노."

"별말씀을요, 미스터 에디."

노형진은 인사를 건네면서 로비에서 나왔다.

그리고 핸드폰을 들었다.

"엠버, 접니다. 준비는 다 되었나요?"

-모든 변호사들이 대기 중입니다. 새로운 사건은 아예 받지 않고 있습니다. 투자금 반환 청구 소송이 시작되면 모두 투입할 겁니다.

"아시겠지만 그것만 해도 몇천억 달러 단위의 소송이 될 겁니다. 각 의료 기업에 투자한 사람들이 한두 명이 아닐 테니까요."

-알고 있습니다, 미스터 노. 그래서 그러는데, 사람이 부족합니다. 이건 미국 역대급 사건이 될 겁니다. 드림 로펌이

큰 곳이기는 하지만 저희가 다 감당할 수는 없습니다. 결정적으로 저희가 모든 지역에 다 지점이 있는 게 아니라서요.

미국은 주마다 법이 다르다. 그렇기 때문에 특정 지역에서 재판을 하려면 해당 지역의 변호사 자격증을 따야 한다.

물론 드림 로펌이 공격적으로 사세를 확장하기는 했지만 그렇다고 해서 모든 주에 다 지점이 있는 건 아니다.

─허락하신다면 지역별로 로펌을 정해서 포섭하겠습니다. 이 정도 규모의 사건은 흔하지 않으니 수익률을 조정하고 우리 쪽으로 오려고 하는 곳들이 있을 겁니다.

"그건 엠버에게 일임하겠습니다."

─감사합니다, 미스터 노.

"하지만 반사회적 로펌은 빼 주세요."

─당연하지요. 규모가 작더라도 사회적 책임을 다하는 곳을 고르겠습니다. 있을지는 모르겠지만요.

그 말에 노형진은 입맛을 다셨다.

그만큼 미국에서 양심적인 로펌을 만나는 건 쉽지 않다.

오죽하면 지옥과 천국이 소송을 하면 변호사가 다 지옥에 가 있어서 지옥이 이긴다는 말이 다 나올까?

"영 없으면 양심적인 변호사들을 임시로 묶어서 하는 것도 나쁘지 않을 겁니다. 어차피 돈이 부족한 건 아니니까 새로 로펌을 구성하지요."

─그 대안도 염두에 두겠습니다. 벌써부터 전화통이 터지

는 것 같네요. 그러면 이만.

전화를 끊은 엠버.

노형진은 심호흡을 하고 거대한 빌딩을 바라보았다.

"고래들아, 이제 싸울 시간이다."

⚖️

파타의료재단은 난리가 났다.

"도대체 어디서 샌 거야! 정보 통제 제대로 하라고 했잖아!"

"그게…… 저희도 확인 중입니다만…….."

"확인 중! 확인 중! 그놈의 확인 중이라는 말은 몇 번이나 하는 거야!"

그들은 돈 욕심 때문에 존재하지도 않는 환자들을 만들어 냈다.

그리고 막대한 돈을 보험회사에 청구해서 받아 냈다.

그런데 그게 걸렸다.

시스템상 누구도 걸리지 않을 거라 생각했던 일이다.

설사 걸린다고 해도 단순히 진단상의 실수일 뿐이지 이렇게 사건이 커질 일은 아니었다.

실제로 다른 곳에서 재검을 받아서 아주 가끔 이의를 재기하는 경우도 있었지만 그때는 의료상의 진단 실수라고 둘러

대면 그만이었고, 그에 대해 사과하고 적당한 돈을 주면 대부분 합의하고 더 이상 일을 크게 만들지 않았다.

"그런데 어떻게……."

폴 파타가 파타의료재단을 이끌고 있다고 하지만 그게 모두 그의 돈인 것은 아니다.

사업의 덩치가 워낙 크다 보니 아무리 그가 잘났어도 모든 걸 다 가지지는 못한다.

특히나 의료 쪽은 더욱 그렇다.

"지금 투자금 반환 청구 소송이 들어온 게 2억 8천만 달러입니다."

"미치겠네."

폴 파타는 일어나서 사무실 안을 뱅글뱅글 돌며 어떻게 해서든 떨리는 심장을 진정시키려고 했다.

2억 8천만 달러면 한국 돈으로 3,200억이 넘는 돈이다.

물론 많다면 많은 돈이지만, 그 돈을 준다고 해서 폴 파타가 망하지는 않는다.

하지만 문제는 이 돈을 청구한 사람이 노형진의 이야기를 현장에서 직접 듣고 바로 움직인, 눈치 빠른 단 두 명이라는 거다.

지금쯤이면 모든 투자회사에 이 이야기가 퍼졌을 테고, 개인 투자자부터 투자회사까지 투자금 반환 청구 소송이 미친 듯이 시작될 게 뻔했다.

이 모든 게 시작이라는 게 문제다.

"으아아!"

폴 파타는 평소에 품위를 무척이나 중요시하는 사람이지만 이런 상황에서는 도무지 정신을 차릴 수가 없었다.

"환자들 사이에는 소문이 나지 않도록 해. 지금 작업 중인 환자들은 모두 퇴원시켜!"

"하지만 그러면 우리가 작업했다는 걸 인정하는 꼴입니다."

"그러면 그대로 안고 갈 거야?"

"그건……."

단순히 약으로 치료되는 경우도 있지만 현실적으로 그렇지 못한 경우도 있다.

수술을 해야 한다고 하며 배를 째고는 방치했다가 달아 버린 경우도 있다.

근데 가장 큰 문제는 죽은 사람이다.

없는 병을 치료한다고 했다가 실제로 죽은 사람이 있다.

심지어 약으로 인해 신장이 망가져서 평생을 신장 투석을 하는 사람도 있고, 신장 이식수술을 받는다고 또 돈을 뜯어낸 사람도 있다.

"어떻게 해서든 사건을 무마해야 해."

파타는 입술을 깨물며 말했다.

하지만 그가 그렇게 말함에도 불구하고 누구도 선뜻 방법을 제시하지 못했다.

할 수가 없다.

이걸 도대체 어떻게 수습한단 말인가?

그 순간 회의실에 울리는 호출 벨 소리.

"뭐야! 중요한 회의 중이니 호출하지 말라고 했잖아!"

ー손님이 오셨습니다, 대표님.

"손님?"

ー네, 드림 로펌에서 왔다고…….

"……!"

"드림 로펌!"

이 소송을 거는 핵심, 그곳이 드림 로펌이라는 것은 다 아는 사실이었다.

"들어오라고 해."

폴 파타는 쫓아내라고 할 수가 없었다.

지금 이쪽의 목숨 줄을 쥐고 있는 건 그들이기 때문이다.

"어서 오십시오, 미시즈 존슨."

안으로 들어온 엠버에게 인사를 건네는 폴 파타.

하지만 시선은 절대 따뜻하지 않았다.

따뜻할 수가 없었다.

"합의를 하기 위해 여기 왔다고 보기는 힘들군요. 어쩐 일로 오셨습니까?"

합의는 공식적인 회의 석상에서 해야 한다.

그럴 수밖에 없는 게, 미국의 변호사비는 한국처럼 건당이 아니라 시간당 계산이니까.

"미스터 파타, 귀사에 안 좋은 소식을 가지고 온 것을 미안하게 생각합니다."

"지금보다 더 안 좋은 소식이 있단 말입니까?"

씁쓸하게 웃는 폴 파타.

물론 보험사에서 소송을 할 거라는 사실은 알고 있다. 하지만 그러기에는 아직 너무 이르다.

"도대체 무슨 소식을 전하기 위해 여기까지 직접 온 것입니까?"

폴 파타는 침을 꿀꺽 삼켰다. 설마 이 상황에서 더 추락할 게 있을 거라고 생각하기는 힘들었으니까.

아니, 사실 추락할 것은 넘치고 넘쳤다.

그리고 노형진은 사람의 목숨을 가지고 장난을 친 폴 파타를 그냥 두고 볼 생각이 전혀 없었다.

"현 시간부터 파타의료재단의 모든 병원에 대한 각 보험사의 모든 보험계약의 집행이 보류됨을 알려 드립니다."

"뭐요?"

그 말이 이해가 가지 않는다는 듯 되묻는 폴 파타.

엠버는 그런 그에게 단호하게 말했다.

"현 시간부터, 지금 당신네 병원에 대한 모든 의료 보험금 지급이 금지되었다는 겁니다."

"그, 그런……."

너무 충격적인 상황에서 폴 파타는 그대로 주저앉았다.

지금 병원에 있는 사람들이 한두 명이 아니다.

전국에 있는 스물여섯 개의 종합병원. 그 병원 하나당 입원 환자만 4천 명이 넘는다.

거기에다가 미국은 입원하는 경우 그 치료비가 통원 환자는 비교도 못 할 정도로 어마어마하게 많다.

미국 병원에 입원할 경우 어느 정도로 돈을 뜯어내냐면, 입원비와 식비뿐만 아니라 검사 과정에서 쓰는 일회용 장갑과 면봉 심지어 통증 완화용의 포옹을 위한 곰 인형, 거기에다 입원 환자에게 정시에 간호사가 가져다주는 약의 운송비까지 매겨서 청구한다.

약값이 아니다.

약값과 따로, 그걸 가져다주는 비용이다.

웃기지만 미국은 한국 사람들이 생각하는 것보다 더 극단적인 자본주의국가다.

애초에 미국은 앰뷸런스 출동비가 유료인 나라다.

국가에서 운영하는 긴급 운송 서비스도 유료인 상황에서 의사와 의료 기업이 사람 목숨을 돈으로 보는 건 어찌 보면 당연한 일이다.

그 모든 것이 보험 처리되면서 막대한 이득으로 돌아오는 게 바로 미국의 보험 시스템과 의료 시스템이다.

이것이 법이다

그런데 지금 엠버는 그 시스템의 종료를 통지하고 있었다.

말로는 임시 정지라고 하지만 그 보험사와 당연하게도 소송을 해야 하는 상황에서 보험계약이 다시 시작될 가능성은 낮다.

"자, 잠깐만요⋯⋯. 그건 협의를 통해서⋯⋯."

"협의는 이미 필요 없습니다. 당신들이 제공하는 진단 내역과 치료 내역에 대한 확실한 보장이 없는 상황에서 저희가 그 비용을 제공할 수는 없지요. 그 보험에 대한 보장은 해당 사실을 귀사 측에서 완벽하게 보장할 수 있을 때 시작될 것입니다."

물론 그때쯤이면 아마 병원은 사라지고 없을 것이다.

"이, 이게 무슨⋯⋯?"

휘청거리는 폴 파타.

하지만 그는 몰랐다, 진정한 악몽이 지금부터라는 걸.

제대로 일하기 시작한 노형진이 얼마나 무서운 존재인지를.

⚖

각 의료 기업을 돌면서 드림 로펌의 변호사들이 사실상의 계약 해지 통지를 하는 그때, 각 병원의 앞에는 임시로 사무소가 생기고 있었다.

"병원의 부도덕 행위로 인한 보험 정지에 관한 집단 소송 접수라."

엠버는 벽에 걸린 내용을 보면서 혀를 내둘렀다.

"이게…… 참 웃기네요. 이건 저도 생각해 보지 못했어요."

"보통 변호사들은 자신이 담당하는 사건만 보는 경향이 있으니까요. 하지만 제대로 돈을 벌기 위해서는 그 사건뿐만 아니라 그 사건이 불러올 나비효과도 감안해야 합니다."

그리고 노형진은 그에 능숙했다.

자신이 회귀한 후에 벌어진 일에 대해 수십 번 수백 번 생각하는 게 그의 버릇이 되어 버렸으니까.

"소송이 시작되면 보험사는 당연히 보험금의 지급을 정지할 수밖에 없습니다."

무조건적으로 지급을 거절했다면, 재판을 하면 당연히 보험회사에서 어마어마한 돈을 물어 줘야 한다.

하지만 엠버를 통해 막대한 증거를 확보했고 그 증거에 따라 각 의료 기업에서 제출하는 모든 자료에 대한 신빙성이 사라질 수밖에 없는 상황이 되어 버렸다.

"보험회사는 당연히 더 이상의 피해를 막기 위해 보험금의 지급을 정지하겠지요."

보통 변호사들은 여기까지만 생각한다.

그 이후의 사건은 그다지 생각하지 않는다.

그건 자신의 영역이 아니니까.

하지만 노형진은 미국의 의료 시스템을 노리는 상황. 당연히 그 너머를 보고 있었다.

"현실적으로 미국의 보험회사에 가입하는 사람들은 한 개의 회사만 선택하지요. 안 그런가요?"

"그렇지요."

미국의 보험료는 어마어마하게 비싸다. 병원비 자체가 미쳐 날뛰고 있으니 당연하다.

문제는 그 보험회사와 손잡는 형태로 운영되는 병원의 시스템이다.

당장 보험회사에서 지급을 정지하면 피보험자들에게는 당연히 막대한 피해가 발생할 수밖에 없다.

정당하게 돈을 내고 의료보험 혜택으로 치료받아 왔는데, 갑자기 집이고 땅이고 모조리 팔고 그것도 부족해서 대출까지 끼어야 간신히 치료받을 상황이 되어 버렸으니까.

"그리고 그 경우에 환자들은 화가 날 수밖에 없지요."

문제는 그게 그들의 잘못으로 인해 일어난 일이 아니라는 것이다.

의료 기업에서 보험사를 대상으로 사기를 친 것이 문제였고, 환자는 멍하니 있다가 당한 셈이다.

"그걸 가지고 제가 소송할 거라고는 저쪽도 생각 못 했을 겁니다."

당연히 아픈데 보험 처리도 못 받게 된 사람들의 입장에서는 화가 날 수밖에 없고, 진짜 생명이 걸린 치료를 받고 있던 입원 환자들은 눈이 돌아갈 상황이다.

"그리고 우리는 그들을 모아서 병원에 소송을 거는 겁니다."

병원에 손해배상을 청구하든가 아니면 보험에 가입한 걸로 준하는 가격으로 치료하도록 강제하는 소송을 말이다.

"어느 쪽이든 병원 입장에서는 미치고 팔짝 뛸 일이겠지요."

그렇잖아도 병원에 투자된 자금을 돌려줘야 하며 보험회사와의 싸움에도 대비해야 한다.

그런데 그 와중에 환자들에 대한 치료까지 해야 한다?

"그것도 자기 돈으로 말이지요."

미국의 의료비가 비싼 이유 중 하나가 바로 미국에서 쓰는 약이 무척이나 비싸기 때문이다.

좀 효과가 좋다는 약은 천 달러 단위를 훌쩍 넘어가는 판국이다.

소송에서 지면 병원은 당연히 보험료 지급 시의 기준에 따라 그만큼 의료 서비스를 제공하든가 아니면 피해 보상금을 내놔야 한다.

"미스터 노는 진짜 무서운 사람이군요."

아무리 병원이라는 곳이 돈이 모이는 곳이고 돈을 많이 쌓아 났다고 해도, 이 세 단계 공격을 버틸 수는 없다.

치료비는 지속적으로 나갈 테고 투자금 역시 미친 듯이 빠져나갈 것이다.

그런 상황에서 누가 투자하려고 하겠는가? 망하는 게 확정적인 상황인데.

결과적으로 돈이 새어 나갈 수밖에 없는 구조에서 징벌적 배상이라는 치명적 공격을 하게 되면 아무리 기업이 든든하고 강하다고 할지라도 결국 쓰러질 수밖에 없다.

"우리는 이제 쇼핑 준비만 하면 됩니다."

바로 건너편에 있는 커다란 빌딩을 보면서 노형진은 살짝 웃었다.

"이제 저건 제 겁니다."

자본주의의 몰락

"너 무슨 짓을 한 거냐?"

"나 또 왜?"

"도대체 왜 미국의 브로커란 브로커는 죄다 나한테 연락을 하는 거냐고!"

남상진은 노형진에게 따지듯이 물었다.

"나 별로 한 거 없는데. 그리고 넌 무기 브로커 아니냐?"

"주종이 무기인 거지 다른 것도 하지 말라는 법은 없으니까. 하지만 미국 쪽은 내 구역도 아닌데 그쪽에서 톱클래스 브로커들이 죄다 너랑 자리 좀 만들어 달라고 난리다. 도대체 미국에서 무슨 짓을 하고 있는 거야?"

"뉴스 못 봤냐?"

"뉴스? 도대체 무슨……. 너 설마……?"

남상진은 순간 소름이 돋았다.

지금 브로커들의 연락, 그리고 그 정도의 파급력을 가질 만한 사건 중 미국 뉴스에 나온 것.

그건 하나뿐이다.

"미국 의료 시스템 붕괴. 네가 저지른 거냐?"

"시스템 붕괴를 내가 어떻게 저질러? 나는 그저 주주로서 정당한 내 권한을 행사한 것뿐이야."

"정당한 권리? 미국을 완전히 전쟁터로 만들어 놓고?"

"그 정도냐?"

"허."

어지간하면 놀라지 않는 남상진조차도 이번 사건에는 놀라지 않을 수가 없었다.

"지금 미국의 로비스트들은 사상 최악이자 사상 최고의 상황이지."

"최악이자 최고?"

"돈을 얼마를 쓰든 사건을 덮고 징벌적 배상을 막아야 하는 의료계 쪽 로비스트들은 원 없이 돈을 쓰고 있지만 승률이 높지 않기 때문에 보너스는 꿈도 못 꾸고, 징벌적 배상을 최대로 받아 내려고 하는 보험사 쪽 로비스트들은 이긴다고 해도 주요 손님 절반이 날아가는 꼴이 되어 버렸으니까."

하지만 그들은 자신들에게 의뢰한 사람들의 승리를 위해

최선을 다해서 싸우고 있었다.

어떤 면에서 보면 로비스트들은 변호사와 비슷했다.

"네가 봐서는 어때?"

"뭐가?"

"누가 이길 것 같아? 너도 설마 이 정도 건수에 연이 없다고는 말 안 할 테고."

"……."

"말해 봐. 내가 나중에 큰일 하나 줄지 어떻게 알아?"

"나이도 어린 놈에게 놀아나다니. 은퇴하기는 해야겠군."

"뭐, 우리가 반갑게 만난 사이는 아니잖아?"

이죽거리는 노형진을 보고 있던 남상진은 전과 같이 차가운 목소리로 말했다.

놀라긴 했지만 그렇다고 당황하진 않았으니까.

그리고 노형진의 말마따나, 이런 상황까지 불러일으킬 수 있는 능력을 가진 그이니 그가 부탁하는 일은 실로 어마어마한 건수가 될 테니까.

"아까도 말했다시피 의료 기업의 범죄행위가 워낙 커서 거의 절대적으로 의료 기업이 불리한 상황이다. 의료 기업에서는 언론통제라도 해 보려고 했던 것 같은데, 보험사 쪽에서 먼저 주요 방송국에 돈을 뿌리고 대대적으로 언론 보도를 했으니까."

"그렇겠지."

징벌적 배상이라는 건 자기들끼리 '아, 이놈은 나쁜 놈이니까 돈 더 줄게.'라고 하는 게 아니다.

　사회가 분노할수록 징벌적 배상금은 더 높아지고, 더 이슈가 될수록 또다시 높아진다.

　애초에 보험회사 자체가 돈을 노리고 하는 일인데 그들이 사건을 덮을 리 없다.

　"더군다나 보험회사들도, 그렇잖아도 이미지가 안 좋았으니까."

　보험료가 미친 듯이 비싼 미국의 의료 시스템. 그걸 좋아하는 사람은 없다.

　하지만 다른 방법이 없어서 쓸 뿐이다.

　"그런데 보험회사들은 변명할 수 있는 거리가 생긴 상황이니까."

　'봐라, 우리가 비싸게 하고 싶어서 비싸게 하는 게 아니다. 의료 기업들이 이런 식으로 사기를 쳐서 우리 돈을 몽땅 빼가는데 어떻게 보험료를 안 올리냐.'라고 보험회사는 이번 기회에 항변하고 싶은 거고, 실제로 그러한 항변이 점점 국민들에게 먹혀서 더더욱 분노를 일으키고 있다.

　"그리고 이번 대통령이 추구하는 보험 알지?"

　"알지."

　노형진도 안다. 이번 대 대통령은 점점 힘 빠진 호랑이가 되어 가고 있지만 그런 그가 정치 인생의 마지막을 걸고 하려고 하는 것 중 하나가 바로 의료 개혁이라는 것을 말이다.

그는 한국에서 그다지 인기가 좋지 않은 미국 대통령이긴 하지만 미국의 의료 시스템이 잘못되어 있다는 걸 인식하고 있는 사람이었기에 임기 중에 의료 개혁을 하려고 많이 노력했다.

그동안은 여러 가지 이유로 계속 물러나야 했지만 이제 연임도 했겠다 임기도 얼마 안 남았겠다, 그는 의료 개혁을 위해 모든 길 걸고 있었다.

'물론 물러난 후에 다시 걸레짝이 되어 버리지만.'

중요한 건 그러한 개혁에 가장 반대하는 세력 중 하나가 바로 병원과 의료 기업이라는 것이다.

하지만 그들의 반인륜적 범죄행위가 드러난 이상 대통령의 입장에서는 그걸 이용하지 않을 이유가 없었고, 이런저런 이유로 병원 쪽에서 하는 로비는 거의 먹히지 않는 상황이 되어 버렸다.

"결국 무난하게 징벌적 배상이 나올 거라는 거군."

"그래. 그것도 이번 사건은 진짜 역대급이 될 거다."

그동안 징벌적 배상액이 가장 큰 것은 두한이었다.

고의적으로 방사능오염 차량을 판 것이 문제가 되어서 휘청거릴 정도로 큰 타격을 입었다.

하지만 그 사건은 청구자가 개개인이었고 이쪽에서 로비할 정도로 힘쓰지도 않았다.

"하지만 이번에는 싸움 대상이 대상이니."

미국 최대 로비스트들은 하루가 멀다 하고 워싱턴 정가를 들락날락하고 있었다.

"이번 사건에서 뿌려지는 돈이 10억 달러 이상이라는 이야기도 있을 정도니까."

10억 달러, 한화로 대략 1조 정도 된다.

그만큼 양쪽은 목숨 걸고 공격과 방어를 하고 있었다.

"보험사 입장에서는 이번 기회에 의료 기업들을 상대로 확실하게 유리한 이점을 잡아 놔야 나중에 그들이 청구하는 금액을 무차별적으로 깎을 수 있으니까."

그렇게 되면 10억 달러? 그건 진짜 푼돈이 될 게 뻔하다.

그러니 보험사 입장에서는 사력을 다해서, 목숨 걸고 싸울 수밖에 없다.

물론 의료 기업들은 진짜 목숨이 달린 문제고.

"생각보다 잘 아네?"

"지금 로비스트들이 모르면 그게 이상한 거다. 나야 한국과 아시아 쪽에서 일해서 거리가 있을 뿐이지."

어찌 되었건 현재 상황에서 미국이 난리가 난 것은 부정할 수가 없는 사실이었다.

'하긴 한두 곳도 아니고.'

의료보험회사에서 고발과 조사가 진행되자 관련 증거들이 어마어마하게 튀어나오기 시작했다.

노형진이 알고 있던 파타뿐만 아니라 거의 대부분의 의료 회사들이 그러한 행동을 했다.

그뿐만이 아니었다.

그나마 병으로 인한 건 그렇게 확인이라도 하지, 그렇지 않은 조작은 확인하기도 힘들었다.

전에도 말했다시피 미국의 병원은 모든 소모품에 대한 비용을 모조리 환자와 보험사에 떠넘긴다.

그런데 그 소모품, 가령 면봉이나 일회용 위생 장갑 같은 걸 추적하기 위해서는 병원의 납품 내역과 재고 내역을 확인해야 하는데, 그건 절대 쉬운 일이 아니다.

고발이 들어간 이상 조사하기야 하겠지만 쉽게 끝나지는 않을 것이다.

물론 그건 노형진이 해결할 문제는 아니다.

"너 병원들이랑 다리 좀 놔 줘."

"뭐? 병원과 다리를 놔 달라고?"

"그래."

"아니, 네가 공격한 거 아냐? 그런데 왜 나보고 다리를 놔 달라는 거야?"

"뽑아 먹으려면 당연히 악착같이 뽑아 먹어야지."

"악착같이 뽑아 먹어?"

"그래."

"병원 쪽에서 너를 지금 씹어 먹으려고 하는 건 알고는 있는 거냐?"

노형진은 그 말에 고개를 끄덕거렸다.

당연하다. 그러지 않을 리 없다.

"하지만 비즈니스라는 건 냉철한 법이거든."

"도대체 무슨 짓을 하려고 하는 거냐?"

그 말에 노형진은 빙긋 웃으면 남상진에게 조용히 뭐라고 말했다.

그리고 그 말을 들은 남상진은 진짜 황당한 얼굴이 되었다.

"미국의 의료계를 손아귀에 넣는다는 게 농담이 아니었냐?"

"아까도 말했지만 이런 걸로 장난은 안 친다."

"그러면……."

남상진은 머릿속에서 많은 생각을 하기 시작했다.

"미국 쪽 로비는 내가 전담하는 걸로 하면 그 조건을 받아들이지."

아시아에서 그럭저럭 로비스트로 잘나가는 그라곤 하지만 미국이나 유럽에 비할 바가 아니다.

그리고 그쪽으로 가고 싶지 않은 것도 아니다. 하지만 그 시장으로 들어갈 만한 실탄도 무기도 없었다.

하지만 지금 노형진은 그걸 다 가지고 있는 사람이다.

"아까도 말했다시피……."

노형진은 빙긋 웃었다.

"같이 일하게 될 거야."

남상진은 바로 선을 움직여서 미국 의료 회사들의 대표들을 만날 수 있는 자리를 만들었다.

물론 그쪽도 노형진과 자리를 만들고 싶어 하고 있었기 때문에 만나는 건 어렵지 않았다.

"도대체 어쩔 생각인 겁니까, 미다스는?"

"그건 제 영역이 아닙니다, 닥터 햄슨."

노형진은 그들을 보면서 차갑게 말했다.

"저는 여러분들에게 도움을 드리고자 만나자고 했지만, 반대로 여러분들이 책임을 물으려고 한다면 여기서 바로 빠지겠습니다."

그 말에 모두가 눈치를 살폈다.

사실 지금 벌어지고 있는 일은 미다스의 영역을 떠난 상황이다.

돈에 눈먼 보험회사들이 이미 소송전에 들어가 1조 달러 단위의 로비를 하는 상황에서, 이제 와서 미다스가 '그만 소송을 멈춥시다.'라고 한다고 해서 멈출 리는 없으니까.

"하지만 최소한 협상이라도 할 수는 있는 거 아닙니까?"

그럼에도 불구하고 이들이 미다스를 만나고자 하는 것은, 현재 소송을 담당하고 있는 쪽이 미다스의 사람이라고 알려진 엠버와 드림 로펌이기 때문이다.

"전에 주주 회의에서도 말씀을 드렸다시피 저는 미국의 소송에 대해 의견은 제시할 수 있을지언정 참견할 수는 없습니다."

"그럼 왜 미다스는 일을 이 지경으로 만든 겁니까!"

"당연한 거 아닙니까? 상대방이 속임수를 통해 자신의 자산을 까먹고 있는데 그걸 모른 척하는 것은 현명한 주주의 행동은 아니죠."

아무리 변명하고 항변한다고 해도 그들의 행동이 사라지는 것은 아니다.

그러니 그들이 뭐라고 할 수는 없는 일이다.

"그렇지만 미다스는 우리 쪽에서도 적지 않은 수익을 가지고 가고 있었습니다!"

정확하게는 소송 전에 모조리 털어 냈지만, 어찌 되었건 미다스와 마이스터가 의료 회사에 투자했던 것은 분명 사실이다.

"알고 있습니다."

"그쪽에서 손실이 있다고 해도 이쪽에서 수익으로 보충할 수 있는 거 아닙니까!"

"그건 말장난입니다. 아실 텐데요? 이런 사업과 투자의 기본은 믿음입니다."

보험사를 상대로 사기를 치는 놈들이 주주를 상대로 사기를 치지 말라는 법은 없다.

실제로 주주를 대상으로 사기를 치는 것은 보험사를 대상으로 사기를 치는 것보다 쉽다.

보험사는 환자 기록이라도 넘겨받지, 주주는 그냥 결산 보고서만 받으니까.

"그런 상황에서 어떤 믿음을 가지고 거래를 하란 말입니까?"

노형진의 말에 상대방은 아무런 말도 못 했다.

'알게 모르게 주주들을 속였겠지.'

한국의 기업들도 분식 회계를 해 가면서 주주들을 속이는 판국에 미국의 기업이 안 할 리 없다.

물론 그 속임수에 살짝 속이느냐 아니면 아예 병신을 만드느냐 수준의 차이가 있기는 하지만, 사실 대부분의 주식회사들은 주주에게 어느 정도 속임수를 쓴다고 봐야 한다.

"이런 식으로 이야기할 거였다면 도대체 우리는 왜 만나자고 한 겁니까?"

아무리 봐도 미다스는 더 이상 협상의 여지가 없어 보였다.

그런데 미다스, 아니 노형진이 만나고자 한 것에 대해 대표들은 짜증스럽다는 표정이 되었다.

현실적으로 해결해야 하는 문제가 넘쳐 나는데 이런 시간을 내는 것 자체가 그들에게는 무리인 상황이니까.

"여러분들에게 약간의 도움을 드리기 위해서입니다."

"약간의?"

"여러분들, 지금 환자들 때문에 곤란한 상황 아닌가요?"

"끄응……."

노형진이 전면에 나선 것은 아니지만 엠버는 노형진의 말에 따라 환자들을 포섭해서 병원의 부도덕 행위로 인해 보험이 정지된 이상 그 책임을 병원에서 져야 한다고 주장했고, 법원에서는 그 요구를 받아들여 병원에서 치료비를 감당하도록 판결했다.

사실 미국 재판부의 입장에서도 그것 말고는 다른 판단을 할 수가 없었을 것이다.

현실적으로 한두 개 병원이 정지된 게 아닌 상황에서 아무 잘못도 없는 환자에게 돈을 감당하라고 하면 사망자가 몇십만 명 단위로 나올 수도 있는 일이고, 그러면 최소 정권이 뒤집어지거나 폭동이 일어날 수도 있으니까.

당연히 각 병원들은 울며 겨자 먹기로 그 판결에 따라 치료를 계속해야 했다.

"문제는 거기에 들어가는 약품이나 소모품의 가격이지요."

"후우."

미국의 의료 카르텔에는 당연히 그걸 생산하는 공장들도 포함되어 있다.

그나마 소모품 같은 경우는 가격이 그다지 비싸지는 않다. 공산품이니까.

하지만 의약품의 경우는 진짜 가격이 미쳐 날뛰고 있다.

"그래서 우리에게 말하고 싶은 게 뭡니까?"

"간단합니다. 우리 미다스의 사회 지원 기업 중에는 제약 회사가 있지요."

"제약 회사? 아!"

정확하게는 노형진이 특허의 허점을 이용해서 만든 제약 회사다.

새로 독립한 가난한 나라였던 동티모르, 그곳은 새로운 독립국이라는 특성상 제대로 된 조약에 가입되어 있지 않았다.

당연히 특허 관련 조약에도 가입되어 있지 않았고, 그곳에서 노형진은 복제 약을 생산해서 빈국에 제공함으로써 그동안 사람 목숨을 가지고 장난치던 다국적 제약 회사들에 엿을 먹인 적이 있었다.

"그곳에서 생산되는 약은 가격이 싸지요."

노형진은 싱글거리며 웃으며 말했다.

"그걸 미국에 공급할 수 있다면 여러분들에게 적당한 도움이 될 수 있을 것 같은데요?"

"장난합니까?"

"절대 못 할 일도 아니지 않습니까? 어차피 로비스트들에게 주는 돈은 어마어마할 텐데요."

"무슨 말을 하고 싶은 거요?"

"뭐, 우리가 빈국에 뿌리는 것도 아니고 미국에 팔 건데, 그러면 적당한 이득을 남겨야 하지 않겠습니까?"

그 말에 살짝 눈빛이 흔들리는 사람들.

노형진이 뭘 말하는지 바로 알아차린 것이다.

"적당한 도움을 주신다면 저희도 적당히 도움을 드릴 수 있다는 거지요."

"큭."

지금 여기에 있는 사람들은 파멸이 거의 확정적이다.

아무리 노력한다고 해도 그들의 삶은 지옥행이다.

악마 같은 보험사들의 변호사들이 최후의 동전 1센트까지 모조리 털어 갈 테니까.

"하지만 남의 거라면…… 뭐 손대기 힘들지 않겠습니까?"

만일 그들의 이름으로 재산이 있다면 그들은 어쩔 수 없이 길거리에서 살아야 한다.

반대로 말하면, 남의 이름이라고 하면 그들은 최소한의 삶은 유지된다는 거다.

'인간은 망할 것 같으면 지푸라기라도 잡고 싶어 하기 마련이지.'

노형진이 노리는 게 그거다.

저들에게 '지푸라기'를 던져 주는 것.

"로비스트들을 통해 해당 제약 회사에서 나오는 약들을 미국에서 팔 수 있게 해 주십시오."

지금까지 노형진은 그 동티모르에서 나오는 약을 미국에 팔기 위해 많이 노력했다.

하지만 제약 회사들의 어마어마한 로비 때문에 쉽지 않았다.

물론 노형진이 공격적으로 로비하지 않은 것도 사실이기는 하다. 어차피 약값은 세계 복지 재단을 통해 부자들이 내니까.

'하지만 미국이라면 또 이야기가 달라지지.'

돈이 넘치는 미국. 그 미국을 공략할 수 있다면 노형진의 입장에서는 약간 욕심을 부려도 된다는 생각이었다.

'그리고 판매 허가가 나오면 결과적으로 미국에 있는 제약 회사들도 타격이 크다.'

기회가 된다면 그가 그곳을 먹어 버릴 수도 있다.

그러기 위해서는 미국 내에서 동티모르산 약의 판매를 허가받아야 하는데…….

'나 혼자 로비할 필요가 없지.'

지금 다급한 건 병원들이다.

그들이 로비하면 통과는 생각보다 쉽게 될지도 모른다.

농담이 아니라, 당장 대부분의 병원들이 기브업 직전일 테니 단 한 푼이라도 줄이려고 할 것이다.

그리고 동티모르산 약은 확실히 어마어마한 비용 절감을 가지고 올 것이다.

"원래 가격의 50% 가격에 드리지요."

"장난합니까? 원가를 우리가 다 아는데."

"우리도 땅 파서 장사하는 거 아닙니다."

사실 제대로 준다고 하면 10% 가격에만 팔아도 어마어마하게 남을 것이다.

당연히 그 원가를 아는 저들이 그 조건을 받아들일 리 없다.

"그 대신에 10%는 돌려드리지요."

"뭐요?"

"기존의 50% 가격에 드리고, 그중 10%는 돌려드린다고요. 계좌를 지정해 주신다면 말입니다."

만일 기존에 들어가던 약의 가격이 한 알에 1만 원이면 5천 원에 공급해 주고, 그중 천 원은 여기에 있는 사람들에게 돌려주겠다는 거다.

물론 불법이다.

'하지만 동티모르에 있는 회사를 조사할 거야 어쩔 거야?'

애초에 동티모르는 모든 게 주먹구구인 나라다.

전산도 제대로 깔려 있지 않으니 추적은 절대 쉽지 않다.

"으음……."

그 말에 대표들은 고민하는 눈치였다.

그게 절대 작은 돈이 아니라는 것도 알고, 그 돈이 있으면 자신들의 파멸을 막을 수 있다는 것도 안다.

최소한 그 돈이 있으면 온 가족이 길바닥에서 홈리스처럼 살 필요도 없어진다.

"원하시면 안전한 나라로의 이민도 도와드릴 수 있습니다."

"안전한 나라?"

"그렇습니다. 물론 공식적으로는 주택도 임대해야 되겠지요."

그래야 법원에서 그걸 못 빼앗아 갈 테니까.

"끄응……."

파멸이 코앞에 있는 상황에서 그들은 흔들릴 수밖에 없었다.

누군가는 이런 상황에 누구를 놀리느냐고 화를 낼 수도 있다.

'하지만 그렇게 정의감이 강한 사람이라면 애초에 이런 짓거리를 하지도 않았겠지.'

몰랐다고 하더라도, 경영인이 되는 순간 그걸 멈췄어야 한다.

하지만 이들은 전문 경영인이 된 후에도 여전히 그러한 사기를 계속해 왔다.

즉, 이들은 지극히 이기적인 속성을 가진 자들이라는 거다.

'애초에 크게 성공한 사람들은 약간 사이코패스 기질이 있다고 했지.'

그건 과학적으로 증명된 연구다.

그런데 조금만 사회생활을 해 보면 다 알게 된다.

남을 밟고 올라가지 못하는 사람은 성공하지 못하는 게 사회이고, 특히 자본이 우선인 기업은 당연한 일이니까.

"20%."

불쑥 들리는 누군가의 목소리.

순간, 방금 전만 해도 썩은 동태눈이던 사람들의 눈에서 빛이 반짝이기 시작했다.

망하는 회사? 거기에서 일하는 직원들?

그런 것들은 그들에게는 그다지 중요한 게 아니다.

그들에게 중요한 것은 자신들의 주머니로 들어올 돈이다.

"10%입니다."

"다른 부속들도 미다스가 지정하는 회사에서 사 오는 걸로 하고 20%는 받아야 할 것 같은데요?"

"그 조건으로 13%까지 올려 드리지요."

"그건 너무 적습니다. 우리 쪽도 로비하려면 돈이 제법 들어서요."

"어차피 여러분들의 돈도 아니지 않습니까? 그리고 로비로 날리나 소송으로 날리나 마찬가지인 거라서 막 퍼 주는 상황인 걸 제가 모르는 것도 아닌데요."

어차피 여기서 아껴 봐야 징벌적 배상으로 모조리 **빼앗길** 판국이라 저들은 아주 막나가는 중이다.

그러니 저들의 자금이 들어간다는 건 개소리다.

"으음……."

잠깐 고민하는 대표들.

그러던 중에 누군가가 새로운 조건을 내걸었다.

"우리가 정리 해고까지 하고 가지요. 그 대신에 18%를 주십시오."

"흐음……."

노형진은 그 말에 살짝 구미가 당겼다.

미국에서 의사나 간호사의 연봉은 어마어마하다.

'하긴 그게 좀 문제이기는 하지.'

만일 병원을 인수하게 되면 그들을 그대로 넘겨받아야 하는데, 그러면 그 연봉도 그대로 인수하게 된다는 걸 의미한다.

그건 좀 더 낮은 가격에 병원을 운영하려고 하는 노형진에게 짐이 된다.

'하지만 해직하면 이야기가 좀 달라지지.'

이 상황대로라면 전국에 있는 수백 개 병원이 동시에 파산이나 매각 절차에 들어가게 된다.

당연히 구직 시장에 수많은 의사들이 쏟아질 테고, 그 사실을 안 의사들은 마음이 다급해질 것이다.

그럴 수밖에 없는 것이, 그 말은 그들이 재취업할 때 연봉을 상당 부분 포기할 수밖에 없다는 걸 의미한다.

현실적으로 일자리는 없는데 일할 사람만 넘쳐 나는 상황이면 누구든 마음이 급해질 수밖에 없다.

'그리고 이미 잘린 사람들이라면 더더욱 그렇겠지.'

의사이기 때문에, 보험의 필요성을 누구보다 잘 알고 있는 의사이기 때문에 보험이 없는 상황에 더욱 두려움을 느낄 것이다.

아는 만큼 보인다고 하니까.

만일 노형진이 병원을 인수하려고 한다면 그들이 연봉을 가지고 태클을 걸 수 있지만, 현재의 상황을 이유로 해직되면 법적으로도 명백하게 인정할 수밖에 없다.

명백한 경제적 위기이니까.

'그리고 연봉이 빠진 만큼 우리가 인수할 때 가격도 낮출 수 있고.'

노형진은 싱긋 웃었다.

그것도 나쁘지 않은 조건이지만 이쪽에서는 더 내세울 조건이 있었다.

"추가로 병원의 매각 시 저희를 우선 협상 대상으로 할 것. 그 조건으로, 15%로 하지요. 더 이상의 협상은 없습니다."

그 말에 대표들은 고개를 끄덕거렸다.

"있는 돈 없는 돈 다 써서 로비해 보지요."

그들의 눈에서는 광기가 번득거렸다.

⚖️

그들의 로비는 과연 성공적이었을까?

얼마 후 미국에서 해당 약들의 수입 허가가 났다.

멍하니 구경하다가 당한 미국의 제약 회사들은 난리가 났지만 이미 통과된 법을 어찌할 수는 없었다.

더군다나 병원들의 말도 틀린 것은 아니었다.

어마어마한 약값 때문에 병원은 파산 직전이었고, 그걸 막거나 늦추지 못한다면 환자가 죽을 수 있다고 겁을 잔뜩 줬으니까.

"허."

유민택은 기가 차서 말도 안 나왔다.

악착같이 뜯어먹는다 싶더니 결국 생각도 못 한 부분까지 뜯어먹는다.

"제법 많이 남을 것 같지요?"

"제법? 지금 세계 복지 재단 덕분에 세상이 얼마나 바뀌고 있는지 모르나?"

"알고 있습니다. 그러고 보니 작년부터 모종이 공급되기 시작했지요?"

지금까지 세계 모종 회사들은 특수한 불임 처리로 농작물이 2세를 가지지 못하도록 함으로써 수익을 보전했다.

그러나 복지 재단 산하의 유전자 연구소는 불임 처리가 되지 않은 모종을 공급하기 시작했고, 그동안 어쩔 수 없이 비싼 가격에 모종을 사거나 식량을 구입하던 빈국들이 그걸 키우도록 했다.

"그렇다고 해서 그들이 망하지는 않을 겁니다."

애초에 세계복지재단의 연구소에서 나오는 작물은 맛이 아니라 양과 2세 생산이 중요했다.

과거에 한국의 통일벼 같은 거다.

일단 당장 배를 채우는 게 중요하지 맛까지 따질 판국이 아니니까.

"다국적 제약 회사도 망하면 곤란하고요. 모든 약을 대체하지는 못합니다."

다국적기업에서 분명 사람 목숨이 걸린 약으로 장난치는 건 사실이다.

하지만 그 돈으로 많은 신약을 개발하는 것도 사실이다.

그걸 알기에 노형진이 생산하는 약은 복제 허가가 난 구형 약들이 대부분이다.

만일 진짜 복제 허가가 나지 않은 다른 약들을 생산했다면, 아무리 로비를 한다고 해도 미국에 판매 허가는 나오지 않을 것이다.

"하지만 일반 약에 대한 소비는 어마어마하거든요."

항암제 같은 특수 약은 단가가 높지만 두통약, 위장약 같은 건 가격은 낮아도 효과가 비슷하니 충분히 대체가 가능하다.

"어찌 되었건 동티모르에 있는 회사의 규모를 키워야겠군."

"그래야 할 겁니다. 허가가 났으니 계속 그 약을 쓰게 될 테니까요."

아마도 동티모르는 즐거운 비명을 지를 것이다.

사실 동티모르에 있는 기업 중에서 멀쩡한 건 그 제약 회사뿐이니까.

"그나저나 준비는 어느 정도 끝나셨습니까?"

"우리는 모든 준비를 마쳤네. 구할 수 있는 돈은 다 구했어. 이제 남은 건 실행뿐이네."

"그러면 이제 조용히 기다리지요, 후후후."

⚖️

소송은 생각보다 길게 가지 못했다.

막대한 자금이 투입되는 보험회사와 다르게 병원은 자금

이 바닥나면서 변호사비조차도 감당 못 할 상황이 되어 버린 것이다.

애초에 노형진이 예상한 바였고, 징벌적 배상액은 실로 어마어마했다.

미국 역사상 최대급. 의료 회사마다 다르지만 평균으로 치면 그 비용은 1천억 달러, 대략 117조가 넘었다.

한두 해를 그런 것도 아니고 수십 년 동안 그러한 행동을 한 데다가 그 과정에서 실제로 사망자나 파산자 등이 발생하기도 했기 때문이다.

현금이 없어서 변호사비조차도 지급하지 못하게 된 상황이라 결국 각 회사들은 파산 절차를 밟기 시작했고, 병원들은 말 그대로 똥값으로 쏟아지기 시작했다.

지역은 난리가 났고 환자들의 입에서는 곡소리가 나기 시작했다.

아무리 진료비가 비싸다고 해도 지역에 병원이 있고 없고의 차이는 어마어마하기 때문이다.

당연하게도 갑자기 튀어나온 어마어마한 매물에 여러 곳에서 군침을 흘렸지만 이미 노형진이 우선 협상 대상으로 이야기해 둔 덕분에 진짜 알짜배기들은 노형진과 마이스터가 모조리 싹 쓸어 갈 수 있었다.

물론 돈이 충분한 건 아니었기에 마이스터 역시 많은 외부 투자를 받아야 했지만 말이다.

미 정부에서는 병원의 정상화를 위해 투자를 아끼지 않았고, 부족한 병원의 인력을 인디언 자치구의 능숙한 사람들을 데려다 보충하고 추가적으로 외부 인력을 고용해, 그동안 문제가 많았던 체질 개선을 이루어 낼 수 있었다.

⚖️

"어마어마하군요."

로버트는 침을 꿀꺽 삼키며 말했다.

"이번 사건으로 인해 우리가 장기적으로 얻은 이익의 추정치는…… 220조가 넘습니다."

220조. 누군가 들으면 미쳤다고 할지도 모른다.

하지만 그게 가능했다.

"물론 투자에 대한 장기 수익이 그 정도고, 현재 미스터 노의 재산 수익 상승률을 보면 세계 5위권 안에는 들어갈 수 있을 정도입니다. 물론 이건 개인 재산을 기준으로 한 겁니다."

"생각보다 많지 않군요."

"많지 않다니요? 이런 미친 짓을 할 수 있는 건 아마 미스터 노뿐일 겁니다."

적대적 인수 합병은 사실 자주 일어난다.

하지만 그건 결국 기업 대 기업으로 일어나는 일이지 국가의 기간 시스템에서 이루어지는 경우는 드물다.

그런데 노형진은 그걸 시도했고 또 성공했다.

단 한 번의 사업으로 수십조 이상의 수익.

그리고 그걸 능가하는, 미국에 갖게 된 어마어마한 영향력.

더군다나 이번에는 미국만이 아니다.

투자받은 곳은 주로 한국이다.

한국에서 투자받은 돈을 가지고 노형진은 미국에 투자했기 때문에 막대한 부가 이제 한국으로 들어가게 될 것이다.

당연히 한국에서도 마이스터와 미다스의 이름이 널리 알려지고 영향력도 강해졌다.

"그동안 한국에서 마이스터의 실적이 좋은 건 아니었습니다만."

미국의 세계적 투자회사이기는 하지만 한국은 이미 자리 잡은 대기업 계열의 투자회사로 인해 제대로 공략하지는 못했다.

"하지만 이번 사건으로 어마어마하게 투자자가 몰렸습니다."

미국에 있는 병원에 투자한 자금 대비 수익률은 네 배 이상.

그 실적을 경험한 사람들은 당연히 미다스로 올 수밖에 없었다.

이것이 법이다

그동안 대기업에 밀려서 제대로 세력을 키우지 못하던 마이스터는 급속도로 성장하고 있었다.

"대룡 역시 미국에서 제대로 사세를 확장할 수 있을 겁니다. 이제는 한국의 중견 기업이라고 생각하기 힘들 정도로 미국에서 힘을 가지게 되었으니까요."

"중견 기업요?"

"미스터 노, 한국과 미국은 체급 자체가 다릅니다."

"하하하."

틀린 말은 아니다.

600억이 투자된 영화를 한국에서는 대작 영화라고 할지도 모르지만 미국에서는 진짜로 저예산 영화로 분류된다.

"대룡이 한국에서는 대기업이지만 미국 기준으로는 중견 클래스입니다."

"그렇기는 하지요."

노형진은 고개를 끄덕거렸다.

실제로 다른 대기업에 비해 대룡의 미국 진출이 더딘 것도 사실이다.

국내 서열은 높을지 모르지만 해외 기준으로 따지면 서열을 따질 수가 없는 수준인 것이다.

"일단 미국에서 자리를 잡은 이상 미국 공략이 좀 수월해지기는 할 겁니다."

"그러기를 바라 봅시다."

노형진은 그렇게 말하면서 고개를 돌려 창밖을 바라보았다.

"무슨 생각을 그렇게 하십니까?"

"아니, 그냥 세상에는 참 괴물이 많다는 생각을 하고 있었습니다."

"네?"

"그런 게 있습니다."

그는 미래를 알고 그 정보를 적극적으로 이용했다.

그럼에도 불구하고 그의 부자 순위는 얼마 전에는 세계 18위, 이번에 이렇게 위험한 짓을 해서 얻은 순위가 고작 세계 5위급.

'설마 내 위로 죄다 회귀자들은 아니겠지?'

너무 황당할 정도의 그들의 능력에 말이 안 나올 지경이다.

'물론 그것도 조만간 뒤집어지겠지만.'

노형진은 아직 비트코인을 팔지 않고 있었다.

최고점이 언제인지 알고 있으니, 그걸 팔면 아마 그때는 진짜 1위를 노려 볼 만할지도 모른다.

'재미있겠네.'

노형진의 입가에 살짝 미소가 떠올랐다.

"이건 제가 어떻게 못 하겠어요."

고연미가 노형진에게 사건을 가지고 왔다.

그녀는 지난 며칠간 얼마나 고민을 했는지 얼굴이 파리하게 변했을 정도였다.

"네? 뭔 일 있습니까?"

"엔터테인먼트조합 말이에요."

"아, 네. 거기가 왜요?"

엔터테인먼트조합의 원래 고문은 노형진이었으나 일이 많아지면서 고연미를 넣고 그는 살짝 빠졌다.

대부분의 사건은 정형화되어 있기 때문에 대응하는 게 어렵지 않았으니까.

"문래빗 사건 때문에 죽을 것 같아요."

"문래빗? 그건 또 뭐예요?"

"걸 그룹이에요. 노 변호사님, 걸 그룹 덕질한다고 하지 않으셨어요?"

"제가 덕이기는 하지만 모든 그룹을 덕질하기에는 시간이 모자라서요. 무슨 일 있었습니까?"

"하긴 그렇겠네요. 그러면 문래빗 사건은 잘 모르시겠어요?"

"아, 미국 사건을 좀 같이 하는 중이라…….."

아무래도 규모가 큰 건을 같이 하다 보니 현실적으로 한국의 사건을 다 알 수는 없었다.

더군다나 엔터테인먼트조합 사건이라는 건 노형진의 회귀 전에는 없던 일이기 때문에 회귀 전 기억으로도 대응할 수가 없다.

"문래빗이라고, 요즘 뜨고 있는 걸 그룹이 있어요."

"그쪽에서 무슨 과거사라도 튀어나온 겁니까?"

"그거라면 여기에 안 왔죠."

이미 과거사 부분에 관해서는 답이 나와 있다.

만일 과거에 가해자였던 거라면 노형진도 절대 용서하지 않는다.

그런 경우에는 퇴출만이 답이다.

"그게 아니라, 얼마 전에 있었던 콜라보 공연이 문제였어요."

"콜라보 공연요?"

"네. 얼마 전에 문래빗과 그래픽스가 같이 콜라보 공연을 했거든요."

"음…… 그래픽스라……. 이름은 들어 봤습니다. 보이 그룹인 건 아는데, 그 애들이랑 콜라보를 했었나요? 그게 문제라면 일단 그것부터 봐야겠네요."

노형진은 인터넷을 뒤져서 해당 영상을 찾아봤다.

그리고 고개를 갸웃했다.

"아니, 딱히 문제가 될 건 없어 보이는데요."

걸 그룹과 보이 그룹의 콜라보가 자주 있는 일은 아니다.

하지만 그렇다고 아예 없는 것도 아니다.

"보아하니 무슨 특별 공연인 것 같은데. 그런데 그 이후에 문래빗의 안티가 확 늘었어요?"

"네, 어마어마하게 늘었어요. 아주 비정상적으로요."

"안티가 늘어나는 것까지 우리가 막을 수는 없습니다, 고 변호사님."

"단순한 안티였다면 제가 노 변호사님을 찾아오지 않았겠지요."

고개를 절레절레 흔드는 고연미.

"영상이 아니라 아래에 있는 댓글을 보세요."

노형진은 그 말에 글을 읽어 보다가 헛웃음을 흘렸다.

"이게 뭔 개소리랍니까?"

단순히 '싫어한다.', '나는 저 애들이 싫다.'라는 정도의 말은 이해가 간다. 인간이니까.

그런데 '문래빗이 미성년자 팬을 납치해서 강간했다더라.', '무대 뒤에서 선배 가수를 집단 폭행했다더라.', 심지어 '문래빗이 소속사에 그래픽스의 팬클럽을 없애기 위해 압력을 행사했다더라.'와 같은 식의 피해망상으로 가득한 글이 온 인터넷을 장악하고 있었다.

"이 애들 누구예요?"

"그래픽스의 팬클럽과 문래빗의 안티예요."

"안티요? 아니, 이해가 안 가는데요. 엔터테인먼트조합 소속이면 무조건 공식 팬클럽을 만들고 거기서 관리하도록 되어 있잖아요?"

노형진은 이런 말도 안 되는 사태를 막기 위해 이미 공식 팬클럽 시스템과 그걸 지원하기 위한 굿즈 판매 시스템을 갖추도록 했다.

당연히 이런 말도 안 되는 헛소리를 인터넷에 지껄이는 걸 소속사에서 그냥 두지 않는다.

"그래픽스의 소속사도 당황해서 어떻게 할지를 몰라요."

"일단 말입니다, 이게 가능성은 있는 말입니까?"

"그게 가능할 리 없죠."

5인조 걸 그룹이 뭔 힘이 있어서 팬을 납치해 강간한단 말인가? 보이 그룹이라면 남자니까 힘이라도 있을지 몰라도 문래빗의 영상을 보니 전형적인 '소녀 소녀' 한 스타일인 데다, 노형진이 아는 한 저런 스타일을 유지하기 위해서는 극단적일 정도로 다이어트를 해야 하기 때문에 팬을 제압하기는커녕 단체로 덤벼도 남자 한 명 이기기 힘들 것이다.

"가요계의 생리를 보면 선배를 팬다는 건 완전 개소리인데."

가요계는 나이나 인기를 떠나서 먼저 데뷔한 순간 선배가된다.

물론 싸가지 없고 인기가 있는 애들은 선배들을 모른 척하는 경우가 있을 수도 있겠지만, 폭행은 전혀 다른 이야기다.

아무리 잘나가는 연예인이라고 해도 선배를 폭행한다?

그러면 그대로 가요계에서 매장된다.

소속사들이 가만두지 않을 테니까.

"그러면 이건 뭡니까? 그래픽스의 팬클럽을 해체하라고 회사에 압력을 넣었다?"

"그래픽스의 소속사는 팬텀이고 문래빗의 소속사는 트리웍스예요."

"팬텀요? 그리고 트리웍스요? 그건 싸움이 안 되잖아요?"

팬텀은 원래 엔터테인먼트 조합에 있다가 성공해서 나간 곳이다.

그에 반해 트리웍스는 여전히 조합에 속한 작은 기업이다.

걸 그룹 덕인 노형진이 정작 걸 그룹인 문래빗은 몰라도, 관심도 없는 그래픽스라는 존재는 인식하고 있을 만큼 두 집단의 규모는 차이가 난다.

그런데 트리웍스가 팬텀에 압력을 가한다?

구멍가게가 백화점에 싸움을 건다는 것만큼이나 말도 안 되는 소리다.

"말이 안 되는데요? 제가 모든 그룹을 다 아는 건 아니지만 팬텀에 속한 그룹이 세 개는 되지 않나요?"

그중 두 팀은 손익분기점을 넘겼고 한 팀은 막 활동을 시작했다.

"그런데 협회에 속해 있다고 하면 트리웍스에 속한 그룹은 한 팀뿐일 텐데요."

두 팀씩 정기적으로 굴릴 수 있는 규모가 되면 바깥으로 나가지 안에 남지 않는다.

물론 아예 없는 것은 아니나, 그런 곳은 노형진이 다 알고 있다.

"그러니까요. 상황이 영 좋지 않아요."

"그러니까 허위 사실 유포라는 거네요."

노형진은 이해가 안 갔다. 이럴 때 대응책은 하나뿐이니까.

"그냥 고소하세요. 뭘 그렇게 고민하십니까?"

고민할 필요 같은 건 없다.

지금까지 헛소리하는 애들 한두 명 본 게 아니다.

심지어 멀쩡하게 활동하는 보이 그룹 멤버가 자신을 강간했다고 실제로 신고한 여자도 있었다.

그런데 그 이유가 실로 황당했다. 그렇게 하면 일단 자기를 한 번이라도 보러 오지 않겠느냐는 거다.

"이미 했지요. 그런데 그 부분에서 문제가 생겼어요."

"어떤 부분요?"

"대부분이 촉법소년이에요."

"촉법소년요?"

노형진은 그 말에 눈을 찡그렸다. 이건 예상하지 못한 이야기니까.

"그래픽스가 유독 나이가 어린 아이들에게 인기가 많아요. 특히 중학생 이하에 인기가 많아서요."

"얼씨구?"

모든 그룹이 다 똑같이 10대에게 인기 있는 건 아니다.

누군가는 20대에게 더 인기 있기도 하고, 어떤 경우는 걸그룹인데 여성에게 인기가 많기도 하다.

팬심이라는 건 기획자가 아무리 잘나도 예측하는 데 한계가 있는 문제다.

"10대 촉법소년이라……. 이거 완전 골 때리는데요."

촉법소년은 형법에 저촉되는 행위를 한 만 10세 이상 14세 미만의 아이를 뜻한다. 이들은 형사책임능력이 없기 때문에 범죄행위를 하였어도 처벌을 받지 않으며 보호 처분의 대상이 된다.

그러니까 대략 초등학생쯤 되는 아이들에 대한 보호 제도이다.

엄밀하게 말하면 촉법소년은, 아직 법률에 대한 개념도 부족하고 실수도 할 수 있는 나이의 아이들이 아예 법에 의해 처벌받지 않게끔 하는 것이다.

사람들이 생각하는 소년법과는 좀 다르다.

소년법이 처벌을 약하게 하는 거라면 이건 아예 처벌 자체를 하지 않는다.

'문제는 이 법이 만들어진 게 벌써 수십 년 전의 이야기라는 거지.'

요즘 아이들은 과거의 아이들과 다르다.

그때는 인터넷도 없었고 아이들의 정신적 발달도 느렸다.

그런데 지금은?

나이가 열두 살만 되어도 영악하게 머리를 쓰기 시작한다.

그래도 열두 살까지는 그나마 촉법으로 이해할 수 있다.

딴에는 머리를 쓰기 시작했다 해도 결국 열두 살이니까.

하지만 열세 살 그리고 열네 살이 되면 문제가 생긴다.

자기들이 뭔 짓을 해도 처벌받지 않는다는 걸 알고 슬슬 나쁜 물이 들기 시작하는 것이다.

그나마 과거에는 그래도 브레이크를 걸어 줄 어른들이 많았다. 자기들끼리 떠들어 봐야 동네 친구 몇십 명일 뿐이다.

하지만 지금은 아니다.

인터넷을 통해 나쁜 무리와도, 헛소리도 쉽게 접할 수 있다.

문제는 어찌 되었건 어린애들이기에 이러한 헛소리를 거를 수 있는 상식이라는 게 없다는 거다.

"그래서 처벌 자체가 안 된다 이거네요?"

"정확해요. 물론 민사도 생각해 봤지만……."

"음, 일이 이렇게 되면 완전 곤란해지는데……."

물론 촉법소년이라고 해서 아예 모든 책임이 벗겨지는 건 아니다.

형법적인 처벌은 면할 수 있지만 이런 경우 민법적 책임은 그 법정 관리 대상인 부모가 질 수밖에 없다.

즉, 민사가 가능하다는 거다.

"하지만 민사는 일단 시간이 오래 걸리고……."

한국은 인터넷 비실명제 국가다.

즉, 고발을 해서 상대방을 특정하기 전에는 현실적으로 그가 미성년자인지 성인인지 할아버지인지 할머니인지 알 수가 없다는 게 문제다.

실제로 초등학생들이 성인 사이트를 이용하는 방법으로 할머니, 할아버지의 주민등록번호를 도용하는 경우가 많다.

더군다나 민사도 무조건 다 인정되는 게 아니다. 부모가 관리를 최대한 하면서 노력을 했다면 그 민사 책임은 부정된다.

가령 이런 사건에서 악플을 단 아이가 촉법소년이라 부모에게 민사를 걸었는데, 알고 보니 집에서 인터넷을 통제하고 핸드폰도 피처폰을 주며 부모가 꾸준히 인성 교육을 했는데도 아이가 부모의 관리가 미치지 않는 학교에서 남의 핸드폰을 이용하여 악플을 단 거라면 부모는 그 관리 책임을 다한 것으로 봐서 민사적 책임도 지지 않는다.

학교에까지 따라다니면서 아이를 24시간 감시하는 건 불가능하니까.

"그리고 민사를 할 때쯤이면 문래빗의 이미지는 완전히 망가진 후일 게 뻔해요."

"그렇겠네요."

"더군다나 상대방이 미성년자라는 건, 아니 촉법소년이라는 건 사회적으로 위험한 무기이거든요."

법조계에서 일하는 사람들은 경험으로 촉법소년의 위험성과 사회적 발전 상황을 알기에 촉법소년을 줄여야 한다고 주장한다.

애초에 열세 살만 되어도 자기들끼리 담배를 피우고 술 마시고 관계를 맺기 시작하는 아이들이 발생하는데, 14세의 촉법소년 법률 규정은 현시대에는 너무 맞지 않으니까.

실제로 촉법소년이 재미 삼아서 살인을 벌이는 등 문제는 심각해지고 있다.

하지만 법적인 문제와는 별개로 사회적으로 그 나이대는 그냥 애다.

누가 봐도 애다.

악행과 불법행위를 저지르거나 세력을 만들면서 본격적으로 사춘기가 시작되고 악한 행동을 배워 가는 나이이지만, 어찌 되었건 사회적으로 꼬맹이들이다.

"민사소송 하면 아주 돈독이 올랐네 어쩌네 하면서 욕이란 욕은 다 먹겠네요."

"그래서 제가 노형진 변호사님에게 도움을 요청하는 거예요. 현실적으로 이 상황에서 그들을 어떻게 통제할 방법이 없어요."

"아…… 촉법소년 사건 진짜 까다로운데."

악에 물들기 쉬운 상황에서 정작 그걸 막을 방법은 제대로 작동하지 않는 게 현실이다.

대부분의 부모들은 맞벌이를 하느라고 아이들을 관리하기 힘들고, 과거와 다르게 인터넷이라는 공간을 통해 미친 헛소리를 하는 아이들이 모여서 서로 자기들 의견이 맞다며 대화를 나누다가 확대 재생산하기 때문이다.

"더군다나 그래픽스가 저학년에게 인기가 많다는 건…… 결국 일종의 가상 연애라는 건데……."

사춘기가 시작되고 이성에게 관심을 가지는 시기.

그 시기에 가장 먼저 사랑이라는 감정을 느끼는 대상이 누 굴까? 바로 연예인이다.

특히 여자아이들은 무척이나 광적인 성향이 발현되는 경 우가 많다.

남학생들도 과거에 핑크냐 SOS냐를 두고 학교 내에서 패 싸움이 날 정도로 호르몬이 미쳐 날뛰는데, 여학생들은 더했 으면 더했지 덜하지는 않을 것이다.

"이런 경우에 감정적으로 라이벌이라고 생각하면 극도로 공격성을 띠게 되지요."

"맞아요. 문제는 여자들의 공격성은 남자들과 다르다는 거죠."

남학생들이 직접적인 방식을 선호하는, 패싸움을 하는 원 초적 공격성이라면, 여자의 공격성은 상대방을 말려 죽이려 고 하는 패턴을 띤다.

실제로 과거에 모 연예인이 보이 그룹 멤버와 사귄다는 소 문이 돌고 나서 하루가 멀다 하고 죽은 쥐와 칼과 목이 잘린 고양이와 혈서가 왔다고 한다.

그녀는 지금도 그 트라우마로 인해 여학생만 보면 온몸이 얼어붙는다고 한다.

그 짓을 한 가해자들은 어려서 철없는 짓을 했던 추억이라 고 웃을지도 모르지만, 그걸 당한 사람의 입장에서는 공포 그 자체다.

"이건 공인에 대한 대다수의 집중적 왕따 행위인데, 이거야 원."

노형진은 혀를 끌끌 찼다. 고연미의 말대로 이건 기존의 대응 방식만 이용하기에는 한계가 있다.

"제가 한번 사장을 만나서 이야기해 보죠."

"제발 그래 주세요. 통제가 안 되어서 미치겠어요."

고연미의 말에 노형진은 고개를 끄덕거렸다.

"말이 안 통합니다."

팬텀의 사장인 박노식은 질려 버렸다는 듯 머리를 흔들었다.

"하지 말라고 안 해 본 게 아니에요. 그런데 우리 말을 안 들어요."

"뭐, 당연하다면 당연할 겁니다. 팬들 입장에서 소속사라는 건 자기들의 우상을 뜯어먹는 자본주의 괴물이니까."

"그 우상을 우리가 만들었다는 건 생각 못 하는 건가요?"

"그걸 생각할 수 있을 정도였다면 이런 일이 터지겠습니까?"

"하아."

"그래도 저희가 협조해서 해결하도록 팬클럽 연합체를 만

들어 드리지 않았습니까?"

"해 주셨지요. 그런데 미쳐서 날뛰기 시작하니까 그것도 안 먹힙니다."

팬클럽 연합체는 말 그대로 공식 팬클럽이다.

물론 정상적인 팬들은 그곳에서 기업과 손잡고 정상적인 클럽 활동을 하면서 좋은 이미지를 만들어 간다.

"하지만 극성팬들은 그게 아닙니다."

상대방을 신적으로 우상화하고 추앙하며 그 과정에서 불법도 서슴지 않는다.

소위 말하는 사생팬 또는 스토커가 그들이다.

설사 그 수준은 아니라고 해도 극렬하게 반응하면서 자기들만의 이야기가 진실이라고 생각하고 밀어붙이는 경우가 많다. 특히 10대들이 그런 경우가 많다.

"그리고 그런 애들은 공식적인 활동은 안 합니다. 그 애들은 공식적인 활동을 하는 게 소속사들의 주머니를 채워 주는 속임수라고 주장합니다."

애초에 그 애들은 공식 팬클럽에서 활동하지 않고 자기들끼리 세력을 만들어서 움직인다.

문제는 그런 경우에 그걸 막을 힘이 소속사에는 없다는 거다.

"심지어 그래픽스가 그 건에 대해 인터넷에 사정을 설명하기도 했습니다."

그날 촬영은 오로지 방송국의 계획에 따라 진행된 것이며 자신들은 문래빗과 아무런 관련이 없다고 이야기했지만 그들은 들은 척도 하지 않았다.

"말 그대로 미쳐 날뛰고 있습니다. 트리웍스 사장한테 미안해서 고개도 못 들겠어요."

"으음……."

"그리고 벌써 이 지랄인데 나중을 생각하면 이거 진짜 위험해집니다. 그건 문래빗뿐만이 아니라 저희도 그래요."

그룹의 수명은 길지 않다.

당연히 대부분의 멤버들은 자신만의 길을 찾으려고 한다.

누군가는 배우로, 누군가는 자신이 원하던 일로, 또 누군가는 솔로 가수로.

"그런데 이 지랄이면 아무도 안 써 줘요."

당장 이 그래픽스의 누군가가 배우가 된다고 생각해 보자.

로맨스라도 하나 넣으면 그 상대 여배우는 말 그대로 가루가 되도록 공격받을 것이다.

그러면 누구도 그를 데려가지 않는다.

주연도 아닌 조연 단계에서부터 그 지랄이면 커리어를 쌓는다는 건 불가능하고 당연히 주연으로 가는 길은 막혀 버린다.

"음……."

노형진은 그 말에 한숨이 나왔다.

하긴 현 상황에서 그가 할 수 있는 건 읍소 말고는 없을 테니까.

"그래픽스도 안티가 엄청 늘었겠군요."

"아주……. 말도 마세요."

"이런 경우를 악화가 양화를 구축한다고 하죠."

가치가 낮은 돈(악화)이 가치가 좋은 돈(양화)를 몰아내는 현상.

이걸 그레셤의 법칙이라고 한다.

그런데 여기서 말하는 구축은 뭔가를 세운다는 구축이 아니라 뭔가를 몰아낸다는 의미의 구축이다.

일본어적 표현이다 보니 한국 사람들이 잘 몰라서 잘못 쓰는 경우가 많다.

나쁜 것도 나중에는 좋은 것이 된다는 식으로 말이다.

하지만 절대 그런 의미가 아니다.

"빠가 까를 만든다는 건 불변의 법칙이니까요."

당장 현 상황에서 미친 듯이 공격하고 있는 건 그래픽스의 나이 어린 팬덤일지 모른다.

하지만 그걸 본 많은 정상적인 사람들의 머릿속에는 '그래픽스 팬덤=제정신 아님'이라는 등식이 성립되어, 자연스럽게 '미친놈이 지지하는 가수=제정신 아님'이라는 등식으로 이어진다.

실제로 많은 가수들이 그러다가 반짝하고 끝났다.

계속 뭔가를 이어 가야 하는데 다른 사람들이 엮이는 것 자체를 싫어하게 되기 때문이다.

방송에서 서로 바라보며 웃기만 해도 공격당하고, 심한 경우는 뮤직비디오에 돈 받고 출연한 것으로도 공격당하니 죄다 거리를 두기 시작하는 것이다.

당연히 방송 출연 섭외도, 인맥도 사라지면서 그런 가수들은 그대로 잊혀 버리게 된다.

"상황은 알겠습니다. 그러면 일단 트리웍스 쪽으로 가 봐야겠네요."

팬텀의 박노식 사장은 지극히 정상적인 사람이다.

그러면 남은 것은 트리웍스뿐이다.

"한번 가서 이야기해 보고 해결책을 알려 드리겠습니다."

⚖️

"이게 뭡니까?"

트리웍스의 사무실에는 온갖 짐이 잔뜩 쌓여 있었다.

"미쳤군."

노형진은 그걸 보고는 섬찟했다.

죽은 동물을 보낸다는 건 알고 있었지만 목이 잘린 개나 고양이의 사체를 실제로 보니 결코 제정신으로 할 짓이 아니었다.

"미안합니다, 아직 치우지 못해서."

트리윅스의 사장 송영채는 다급하게 그걸 감추려고 했다.

이런 동물 사체는 일반 쓰레기로 버리는 게 정상이다.

하지만 그것도 어느 정도 양일 때의 이야기지, 엄청나게 몰려오는 이 쓰레기들을 일반 쓰레기로 버리면 온 동네가 난리가 날 것이다.

"이것 말고도 많습니까?"

"동물 사체는 애교죠."

협박 편지에, 심지어 자신의 손목을 그은 장면을 찍어서 보낸 사진까지.

"문래빗은요?"

"일단 당분간 오지 말라고 했습니다. 숙소도 호텔로 바꿨고요. 주소가 드러난 숙소도 다른 곳으로 옮기려고 이사 중입니다. 그래도…… 충격이 큽니다."

인터넷도 막고 심지어 핸드폰조차도 압수했지만 공연장에 들어갈 때마다 썩은 계란을 던지면서 저주를 해 대는데 상황을 모를 리가 없다.

"이제 빛을 보나 싶었는데."

"멍청하긴,"

"네?"

"아니, 사장님 말고 그 방송국 PD 말입니다."

이런 일이 한두 번이 아니기 때문에 방송국에서는 이런 사태를 막기 위해 가능하면 남녀 그룹의 콜라보 무대를 하지 않는다.

그런데 분명 그 PD는 그걸 알면서도 이슈를 타고 싶은 생각에 강행한 듯했다. 한창 뜨고 있는 그래픽스와 문래빗이 거절할 수 없을 걸 아니까.

"도대체 왜 혼성 그룹이 사라졌는지 모르는 모양이군."

과거에는 남녀 혼성 그룹이 종종 있었다.

그런데 어느 순간 슬슬 사라지더니 이제는 아예 씨가 말랐다고 봐도 되는 수준이다.

그나마 음악성을 위주로 주요 타깃을 성인으로 하는 경우는 괜찮은데, 어린 경우는 혼성 그룹이면 안티들이 멤버들을 공격하는 경우가 있어서 그렇다는 건 알 사람은 다 안다.

단순히 특정 성별의 공략이 쉬워서가 이유가 아닌 것이다.

"특히 팬덤이 어리면 더 조심해야 하는데 말이지요."

요즘은 팬덤이 한 20대 중반만 되어도 좋진 않지만 어쩔 수 없다는 듯, '그래, 너도 결혼은 해야지.'라며 축하해 준다.

당장 오래 활동한 가수가 팬 미팅을 했더니 자신에게 열광하던 소녀들이 애엄마가 되어 애를 데리고 와서는 남편을 씹어서 충격받았다고 말하기도 했다.

그런데 정작 그 가수는 결혼을 못 했다.

"그래서 이미 고연미 변호사와 주변에 도움을 요청했는데요, 이게 방법이 없어요."

"그럴 겁니다. 지금까지 이걸 해결하는 데 성공한 사람은 없거든요."

책임? 방송국이 책임을 질 리 없다.

그들은 연예인에게 있어서 절대적인 갑이다.

언론사? 두 회사에서 언론사를 통해 보도 자료를 안 뿌려 봤겠는가?

하지만 이미 적이라고 확정 지은 상황에서 언론사를 통해 설득해 봐야 그들은 절대 물러나지 않는다.

"좋습니다. 상황은 이해했고, 이제 해결하는 것밖에 없군요."

"하지만 노 변호사님, 지금까지 이걸 해결한 사람이 없다고 하지 않았습니까?"

"그렇지요. 하지만 말입니다, 지금까지 없었다는 게 영원히 없다는 뜻은 아닙니다, 후후후."

⚖️

"이번 사건의 키워드는 그래픽스입니다."

"네? 저희라고요?"

자리를 함께하게 된 박노식은 어리둥절한 표정으로 물었다.

"이번 사건에서 공격당하고 있는 사람은 저희가 아니라 문래빗입니다."

"맞습니다. 저희가 공격당하는데 왜 갑자기 그래픽스가

주체가 됩니까?"

"많은 분들이 착각하는 부분이지요. 공격은 문래빗이 당한다, 따라서 당연히 그걸 방어해야 하는 것도 문래빗이다."

"그렇지요."

"노 변호사님, 혹시나 저희가 잘못한 게 있습니까? 저희, 진짜 문래빗하고 여기 송 사장을 위해 할 수 있는 건 다 했습니다."

노형진이 그래픽스를 걸고넘어지자 박노식은 움찔했다.

전에 이슈만 타려고 상대방을 이용해 먹은 회사가 어떻게 날아갔는지 두 눈으로 똑똑히 봤기 때문이다.

"아, 오해하지 마세요. 팬텀과 그래픽스에게 뭐라고 하는 게 아닙니다. 저도 확인해 봤습니다. 팬텀과 그래픽스는 진짜 할 수 있는 걸 다 했습니다."

언론 플레이에서부터, 영상을 찍어서 인터넷에 올리고, 멤버들이 기자회견까지 했다. 그런데 도리어 공격하는 입장에서는 그게 더 배알이 꼴렸나 보다.

'진짜 무슨 관계라서 저렇게 지키려고 하는 거 아니냐?', '진짜로 약점 잡혀서 팬텀이 끌려가는 거 아니냐?', '트리웍스가 얼마나 공격했으면 저렇게 다급하게 변명하는 거냐?' 등등의 생각만 키운 것이다.

"이미 매사를 삐딱하게 보기 시작한 애들입니다. 그 애들은 우리가 무슨 말을 해도 제대로 들을 생각이 없습니다. 타진요 사태를 생각해 보세요."

타진요. 어떤 가수의 학벌에 대해 의심을 하기 시작하면서 그걸 증명하라고 떠들어 대던 미친놈들.

처음에는 무시했지만 규모가 커지고 무차별적으로 선동하기 시작하자 졸업장을 제출했다. 그러자 위조라고 주장했고, 그 대학의 교수가 방송에서 졸업생이라고 인정했는데도 협박으로 한 방송이라고 주장했다.

심지어 그 운영자는 해외 도피까지 해 가면서 말도 안 되는 헛소리를 했다.

그들은 진실이 궁금한 게 아니다. 이미 삐딱하게 보기 시작했다면 그걸 이쪽에서 고칠 방법은 없다.

"그러면 어쩌시려는 겁니까?"

"어쩌긴요. 썩은 건 도려내고 가야지요."

"네?"

그 말에 핼쑥한 표정이 되는 박노식과 송영채.

"원래 사회라는 것에는 썩어 가는 존재가 꼬일 수밖에 없습니다. 당장 식당을 오픈해도 진상이 와서 꼬장을 부립니다. 그걸 손님이라고 받아 주면 그때부터 그 가게는 진상만 오는 가게가 되는 거죠."

당연하다. 누군가가 가게에서 진상 짓을 하는 꼴을 보면서도 계속 가는 사람은 많지 않다. 더군다나 그 진상이 자신에게 피해를 주는 경우 더더욱 그 가게에 가지 않는다.

"엔터테인먼트라고 해도 마찬가지입니다. 웃긴 일이지만

그룹이 오래가기 위해서는 필연적으로 그 그룹의 이미지를 망가트리는 극단적 팬들을 걸러야 합니다."

"그런데 그거랑 저희 문래빗이 무슨 관계가 있다는 겁니까? 당장 공격당하는 건 저희인데."

송영채는 불만으로 가득한 목소리로 말했다. 당장 죽을 맛인 건 자신들인데 정작 이득은 그래픽스가 보기 때문이다.

"아, 오해하셨군요. 그건 문래빗에게도 도움이 될 겁니다."

"어째서요?"

"그들이 이쪽을 공격하는 가장 확실한 근거가 뭡니까?"

"확실한 근거요?"

송영채가 눈을 동그랗게 뜨고 되물었다. 노형진이 고개를 끄덕였다.

"네, 이쪽을 공격하는 이유 말입니다."

"그거야 자기들이 그래픽스의 팬이라는 거죠."

"그러니까 그걸 부정하자는 겁니다."

"네? 그걸 부정한다고요?"

"맞습니다. 그들은 자신들이 그래픽스의 팬이고 자신들의 행동이 그래픽스를 위한 거라고 생각하죠."

그들의 행동은 진상과 비슷하다.

자신들은 이 가게의 매상을 올려 주니까 그걸 가게에서는 감사하게 알아야 한다는 생각.

"하지만 진짜 피해를 입는 건 가게죠. 그런 경우에 가게에서 할 수 있는 행동은 간단합니다. 그들을 끌어내고, 다시는 손님으로 받아들이지 않는 거죠."

"손님을 쫓아낸다고요?"

그 말에 박노식의 얼굴이 핼쑥해졌다.

연예인이라는 존재는 팬이 없으면 존재할 수가 없는 직업이다. 그런데 그런 팬들을 쫓아낸다니?

기존의 상식으로는 절대 이해할 수 없는 말이었다.

"박 사장님, 한 가지 진지하게 묻지요. 그들의 팬덤이 얼마나 된다고 생각합니까? 아니, 그들이 그래픽스에 주는 수익은 얼마나 됩니까?"

"그건…… 잘 모르겠습니다."

모를 수밖에 없다. 지금까지 팬들에 대해 그렇게 금전적으로 분석하는 곳은 없었으니까.

물론 팬 전반에 대한 분석과 수익 창출에 대한 분석은 있지만, 이러한 극렬 팬에 대한 분석은 해 본 적이 없다.

"하지만 전 대충 상황을 압니다. 왜냐고요? 저는 미다스의 아시아 대리인이기도 합니다. 당연히 경제적인 부분에 대해서도 상당히 익숙하지요."

"으음…… 그건 그러시겠지요."

"그러면 그들이 도움이 된다고 생각하십니까?"

송영채와 박노식은 호기심이 동한 표정으로 물었다.

지금까지 그걸 누군가 분석한 걸 본 적이 없으니까.

그에 따른 수익 창출은 따로 생각해야 한다.

"솔직하게 말씀드리죠. 개뿔, 하나도 도움이 안 됩니다."

"안 된다고요? 하지만 그 숫자가 제법 많은데요!"

특히 그래픽스 같은 보이 그룹은 그러한 팬들이 많다.

그런데 도움이 하나도 안 된다니?

"엔터테인먼트는 게임과 다릅니다."

"게임과 다르다고요?"

"네. 지금 유료화된 대부분의 게임들은, 인터넷이든 모바일이든 구조적으로 상위 15%에서 나오는 수익이 전체 수익의 70% 이상을 차지합니다."

물론 이건 정액제를 제외한 판단이다.

"그렇게 크다고요?"

"당연합니다. 그러한 금액을 투자할 수 있는 사람은 뻔하거든요."

한 명이 필요에 따라 수백만 원, 수천만 원을 꼬라박는다.

그에 반해 부분 유료화의 경우 많은 유저들이 무료로 게임을 즐긴다.

"그래서 대부분의 시스템은 그들에게 맞춰져 있습니다. 사실 무료 접속자 10만 명보다 미친 듯이 돈을 부어 주는 유료 접속자 1만 명이 기업 입장에서는 더 이득입니다. 접속자가 많아 봐야 서버비만 더 나가니까요."

"으음…… 그런데 우리는 반대라고요?"

"간단하게 생각해 보세요. 설마 그렇게 돈을 들이붓는 인간들이 학생이겠습니까?"

당연히 직장인이고 나이가 좀 있는 사람들이다.

학생? 고등학생이 벌벌 떨면서 3만 원짜리 하나를 지를 때 직장인은 10만 원짜리를 카드로 쭉쭉 긁어 댄다.

"하물며 이야기를 들어 보니 지금 이 사태를 벌인 아이들은 대부분 만 14세 미만의 촉법소년이라고 하더군요."

"어…… 그렇다고 들었습니다."

"그러면 그 애들이 돈을 들이부어 봐야 얼마나 들이붓겠습니까?"

당연히 상대적으로 적을 수밖에 없다.

"하지만 팬을 돈으로만 판단하는 건 좋은 게 아닌 것 같습니다."

그때 송영채가 조심스럽게 입을 열었다.

노형진은 그에게 정확하게 현실을 알려 줬다.

"제가 말하고자 하는 것은, 그들을 돈으로 봐서 긁어먹으라는 게 아닙니다. 그들의 우상성을 이용하라는 겁니다."

"우상성요?"

"간단한 겁니다. 인간은 상대방에게 영향력을 충분히 줄 수 없다는 사실을 알면 더욱 극단적으로 반응하게 됩니다."

"……!"

그 말에 그 둘은 노형진이 말하는 게 뭔지 알 것 같았다.

"그게 그 애들이 우리에게 영향을 줄 수 없다는 걸 알기 때문이라고요?"

"네, 맞습니다."

정확하게는 자신의 마음을 '증명'하고자 한다는 거다.

사실 초등학생쯤 되면 산다고 해 봐야 앨범 하나 그리고 굿 즈 조금, 사진 몇 장이다. 팬이라면 누구든 다 사는 딱 그 정도.

"정상적인 팬클럽에 가입하면 겨우 그것만으로는 자신의 진심이나 우월성을 증명할 수 없겠지요? 안 그런가요?"

"그건…… 그렇지요."

팬클럽은 속칭 '맘'이라고 하는 사람들이 운영하는 경우가 많은데, 그런 사람들은 거의 인생을 갈아 넣는 수준이다.

당연히 그 주변에서 활동하는 팬들 역시 어마어마한 자금 력을 투사하는 사람들이다.

"인간은 어떤 조직에 속할 때 그 안에서 튀기를 원합니다. 특히 나이가 어린 아이들이 좋아하는 그룹을 대할 때 그런 마음은 더더욱 강해집니다."

"그걸 어떻게 그리 잘 아십니까?"

"저도 덕질을 해 봤으니까요."

다만 노형진은 자신의 파급력을 알기에 조용히 덕질할 뿐 이다.

"그러면…… 그 공격이 단순히 마음에 안 들어서 하는 게 아니란 말입니까?"

"맞습니다."

현실적으로 아무리 어리다고 해도 이 정도 뉴스가 나오고 언론에서 나오고 기자회견까지 했다면, 팬덤에서 오해한 그것은 하나의 퍼포먼스에 지나지 않으며 그래픽스와 문래빗은 전혀 상관없다는 걸 알아야 한다.

"하지만 애들은 인정하지 않습니다. 정확하게는, 인정하기 싫은 거죠."

계속 문래빗을 공격함으로써 자신들의 순수성과 감정을 증명하려고 하는 것이다.

"쉽게 말해서 지금 문래빗에 대한 공격은 그들 입장에서는 십자군 전쟁인 겁니다."

"십자군 전쟁요?"

"네, 자기들의 순수성을 증명하는 수단인 거죠."

"그걸 누가 알아준다고요?"

"누가 알아주든 말든 그건 중요하지 않습니다. 자기만족이 필요한 거죠. 예를 들어 제가 덕질한다고 앨범을 사고 사진을 사고 굿즈를 산다면, 그걸 소속사에서 압니까? 아니면 그 가수가 알아줍니까?"

좀 독하게 말하면 그건 그냥 팬들의 주머니를 노리고 찍어내는 일종의 공산품일 뿐이다.

심지어 그 굿즈라는 건 실용성도 애매하다.

단순히 그룹의 이름이 적혀 있는 머그잔 같은 거라면 그나마 쓸 수라도 있는데 멤버들의 얼굴이 잔뜩 인쇄된 머그잔 같은 걸 쓰면 주변에 오덕이라고 홍보하는 꼴이 된다.

"당장 게임 회사에서 대작이 나올 때마다 한정판이라고 그렇게 별의별 걸 다 첨부해서 같이 팔고 티셔츠를 뿌려 대는데, 평소에 길거리에 그 티셔츠를 입고 다니는 사람 보셨습니까?"

"아니요."

심지어 소위 덕스러운 면이 전혀 없는 백만 단위의 판매량을 자랑하는 게임조차도 그런 상품을 스스로 쓰는 사람은 거의 없다.

"하지만 그건 없어서 못 팝니다. 쉽게 말해서 자기만족인 겁니다, 내가 이걸 위해 이렇게 노력했다는."

성인이라면 그런 감정에 브레이크를 걸 수 있다. 그래서 적당히 물건을 사고 자기감정을 조절할 수 있다.

"하지만 어린애들은 그게 안 되죠."

돈도 없고 조절도 못한다.

"결국 그래픽스에 대한 보호 또는 대리전쟁을 통해 내 마음을 증명했다고 자기만족을 해 버리는 겁니다. 아마 그렇게 헛소리한 애들은 자기들이 올바른 일을 하고 있을 거라 생각할 겁니다."

"설마요."

"설마가 아닙니다. 그 정도로 극렬하게 활동하는 애들이 연예인들의 서열이나 규칙을 모를까요?"

"……."

모를 리 없다.

알면서도 헛소문을 뿌리는 거다.

그래야 자신의 감정이 충족되니까.

"하지만 대부분의 아이들은 그걸 믿던데요?"

"진짜로 믿는다고 생각하세요, 아니면 믿고 싶어 하는 거라고 생각하세요?"

그 말에 사장들은 아무런 말도 못 했다.

물론 어린아이들인 만큼 세상 물정을 모르는 것은 사실이다.

하지만 상식적으로 불가능한 소문을 믿는다?

요즘 아이들은 그렇게 멍청하지 않다.

"그 애들은 그걸 믿는 게 아니라 믿고 싶은 겁니다. 그래야 자기 정당성이 인정되거든요."

결국 두 사람은 노형진의 말에 고개를 끄덕거려야 했다.

노형진의 말대로, 때로는 거르고 가야 하는 애들도 분명 존재하니까.

스토커가 팬이 아니듯이, 좋아하는 가수의 이름을 팔아서 범죄를 저지르는 자들도 팬이라고 볼 수 없다.

"그러면 우리는 뭐를 해야 합니까?"

박노식이 조심스럽게 물었다.

노형진은 그런 박노식에게 싱긋 웃으며 말해 주었다.

"파문입니다."

살아 있는 신

연예인이라는 존재는 여러 가지 면을 가지고 있다.

누군가에게는 딴따라라 불리며 무시의 대상이 되기도 하지만, 누군가에게는 금전적 이익의 대상이 되며, 누군가에게는 좋아하는 스타가 될 수도 있다.

"이 경우 그 아이들에게 연예인이라는 존재는 살아 있는 신입니다."

"살아 있는 신이라고요? 그건 좀 너무 간 것 아닌가요?"

고연미는 말도 안 된다는 듯 말했다.

"그냥 인간이에요. 그 애들이 신 취급받는 건 좀 아닌 것 같아요. 무슨 사이비 종교도 아니잖아요?"

"사이비 종교는 아니죠. 중요한 건, 인간의 감정에 의하면 그가 살아 있다고 해서 신이 되지 못할 까닭은 없다는 거죠."

"음…… 이해가 안 가는데요?"

"이런 표현을 하면 좀 이해가 갈지도 모르겠네요. 이런 말을 들어 보셨을 겁니다. 신이 모든 장소에 있을 수 없기에 어머니를 만드셨다."

그 말에 고연미는 고개를 끄덕거렸다.

그 말은 많이 들어 본 말이니까.

물론 그 말을 부정하는 사람도 별로 없다.

어지간히 막장 집안이 아니고선 어머니의 전폭적인 사랑을 모르는 사람은 없으니까.

"반대로 말하면, 나이 어린 아이들에게는 말 그대로 신이나 마찬가지이지요."

농담이 아니다.

실제로 아이들의 스트레스에 관한 조사를 했을 때, 부부 싸움을 목격한 아이들의 스트레스 정도는 교전 중인 전쟁터에 투입된 병사의 그것과 같다는 연구 결과도 존재한다.

"즉, 아이들에게 있어서 부모란 존재는 세계 그 자체입니다. 물론 어릴 때는 말이지요."

하지만 그 아이들이 성장해 그 맹목적인 가치관이 바뀌기 시작할 때 부모의 절대적 위치를 차지하는 대상은 스타, 즉 연예인들이 많다.

"이번 계획은 간단합니다. 그들을 이 세계에서 '파문'하는 거죠."

"파문이라……."

"절대적인 충성의 대상, 절대적인 우상, 말 그대로 살아 있는 신."

그를 위해서라는 이유로 스스로 손목을 그어서 그 사진을 상대방에게 보내는 건 단순히 협박을 넘어서서 종교적 광신에 가깝다.

"그러니 그래픽스가 그들을 말리는 게 아니라 그들을 공격하는 형태를 취해야 합니다."

그러자 박노식이 걱정스러운 표정으로 물었다.

"하지만 그러면 팬들이 떠나지 않을까요? 사실 팬들 상대로 소송하는 연예인을 좋게 보는 사람은 없잖습니까."

"물론 정상적인 상황이라면 그렇지요. 하지만 말입니다, 법이라는 건 아 다르고 어 다른 것 아닙니까, 후후후."

⚖

얼마 후 그래픽스는 노형진의 지휘하에 기자회견을 자청했다.

그렇잖아도 그래픽스와 문래빗의 사건으로 인해 언론에서 이슈가 되고 있었기에 기자들은 기꺼이 기자회견장에 찾아왔다.

그곳에서 그래픽스는 사실 배경에 가까웠다.

소속사는 공격받아도 상관없지만 연예인이 공격받는 건 막아야 하기 때문이다.

그 때문에 전면에 나서는 것은 박노식과 팬텀이며, 그래픽스는 뒤에서 지지하는 형태가 되어야 했다.

"저희 팬텀에서는 이번 사건에 대해 우려를 표명할 수밖에 없습니다. 누차 말했지만 저희 그래픽스는 문래빗과 아무런 관련도 없으며 또한 트리웍스와도 아무런 감정도 없음을 알려 드립니다."

"그건 지난번에도 하셨던 말씀이잖습니까? 그런데도 불구하고 이번 사태는 전혀 진정되지 않고 있는데요!"

"진짜로 아무런 관계가 없는 겁니까?"

기자들의 질문에 박노식은 속으로 씁쓸하게 웃었다.

'관계가 있기를 바라는 게 기자들이겠지.'

사실 일이 이 지경이 된 건 기자들의 탓도 컸다.

그냥 해프닝으로 끝날 수 있는 일을, 집요하게 소설을 써 가면서 진짜로 무슨 썸이라도 있는 것처럼 몰아간 게 언론이니까.

지금의 기자란 족속들은 조회 수만 올릴 수 있다면 악마에게라도 영혼을 팔 수 있는 작자들이니까.

'이번에는 어쩔 수 없이 너희들 조회 수를 올려 주마.'

박노식은 그렇게 생각하며 이를 박박 갈았다.

하지만 일절 내색하지 않고 태연하게 질문에 답했다.

"그 건에 대해 일부 조사가 진행되었습니다. 조사 결과 집요하게 저희 이름을 팔아서 문래빗과 트리웍스를 공격하는 자들 중 상당수가 저희 팬이 아니라 저희를 공격하고자 하는 안티팬이라는 결과가 나왔습니다."

"안티팬요? 안티팬이 이렇게까지 한다고요?"

안티팬. 팬과 다르게 그들을 싫어하는 사람들.

"그렇습니다. 과거의 사건을 생각해 보십시오. 자기가 지지하는 가수가 아니라는 이유로 가수에게 독극물을 먹인 것이 안티팬이라는 존재입니다. 애초에 지금 문래빗을 공격하는 자들도 그래픽스의 입장에서는 안티팬입니다."

"그게 무슨 의미지요?"

"조사 결과 안티팬들이 이번 사건을 이슈화시키고 그래픽스의 이미지를 망가트리기 위해 고의적으로 사건을 확대시키고 협박하고 있다는 사실이 드러났습니다."

그 말에 웅성거리는 기자들. 지금까지 그런 이야기는 들어본 적이 없으니까.

그러나 생각해 보면 그게 마냥 불가능한 것도 아니다.

소위 말하는 지능형 안티팬들, 즉 누군가를 싫어할 때 단순히 싫어하는 수준을 넘어서 그 누군가가 망하기를 원하는 자들이 분명 존재한다.

그런데 그런 자들은 자신들이 원하는 바를 실현하기 위해

고의적으로 문제를 일으킨다.

팬을 자처하면서 비정상적인 행동으로 연예인의 이미지가 망가지도록 하는 것이다.

가령 어떤 연예인이 음주 운전으로 걸렸다고 치자.

팬들은 그에게 실드를 치려고 하고, 안티팬들이나 일반인들은 그건 해서는 안 되는 행동이라며 그를 공격하는 게 일반적인 패턴이다.

하지만 일부 골수팬들과 일부 안티팬들은 행동 패턴이 같다.

'우리 스타님이 술 좀 먹고 음주 운전 좀 한 게 뭐 그리 큰 잘못이냐? 그러다가 누구 하나 죽었다고 해도, 그 사람이 평생 버는 돈이 우리 스타님 한 달 벌이도 안 된다. 까짓거, 그 돈 주면 가족들은 땡잡은 거 아니냐?', '한류에 우리 스타님이 있는데 술 마시고 음주 운전하다가 사고 좀 난 거 가지고 뭔 지랄이냐?'라는 식으로 행동하는 것이다.

물론 그런 자들이 더 많이 활동할수록 해당 연예인의 이미지는 아주 개판이 되어, 쉽게 말해서 '씹창 난다'고 봐야 한다.

실제로 모 가수가 병역 비리로 걸렸을 때 팬과 안티팬의 행동은 똑같았다.

−우리 가수님 버는 돈이 얼만데 돈 좀 내고 군대에 안 가

면 어떠냐? 해외에서 돈을 벌어 오니 군대에 가는 사람보다 훨씬 더 애국자다.

그리고 그 남자 가수는 그 사건 이후에 정상적인 사람들에게는 완벽하게 버려졌고 결국 소리 소문 없이 사라지고 말았다.

"그러니까 이 모든 게 안티팬의 행동이다?"

"모두는 아니지만 상당 부분 그렇게 판단하고 있습니다. 상식적으로 저희 팬들이 저희를 믿지 않는다는 건 말이 안 되지 않습니까?"

교묘한 화법. 정상적인 팬이라면 우리의 설득을 믿어 주는 게 맞지 않겠냐는 말.

사실 그게 또 완전히 틀린 말도 아니다. 팬이라는 건 연예인에 대한 믿음을 기반으로 깔고 들어가야 하는 거니까.

"그럼에도 불구하고 일부는 저희의 공식적 의견을 무시하고 트리웍스와 문래빗에 대한 공격을 계속하고 있습니다. 이는 이번 사건을 통해 저희 이미지를 망가트리려고 하는 악질적 지능형 안티 행위로밖에 볼 수가 없습니다. 이에 저희 팬텀과 그래픽스는 해당 행위자에 대해 업무방해 혐의로 고소와 고발을 진행할 생각입니다."

그 말에 기자들이 술렁거렸다.

그게 뭘 의미하는 건지 모르는 사람은 없기 때문이다.

한국 연예계 사상 초유의 사태.

"그러면 팬에 대한 고소와 고발을 진행하겠다는 말인가요?"

"팬이라니요. 아닙니다. 우리가 하고자 하는 건 지능형 안티에 대한 고소와 고발입니다. 대한민국에서는 개인감정을 가질 권리가 있습니다. 모든 분들이 다 저희를 좋아할 수 없다는 것도 압니다. 그리고 저희 그래픽스가 실수를 할 수도 있고, 그에 따른 사회적 비난을 감수해야 하는 공인의 입장이라는 것도 이해하고 있습니다. 하나 이번 사건은 저희가 사회적 비난을 감수해야 할 만한 행동을 한 적도 없고, 개인의 감정이 저희뿐만 아니라 문래빗에 대한 공격을 합리화할 이유도 되지 않습니다. 이는 겉으로만 문래빗을 공격할 뿐 현실적으로 저희 그래픽스에 대한 공격이라는 뜻이니, 이에 저희가 소송을 불사하기로 한 것입니다."

기자들은 박노식의 말을 다급하게 옮겨서 데스크에 보내기 시작했다.

그 뒤에서 노형진은 미소를 지으며 그 모습을 바라봤다.

고연미는 영 걱정스러운 얼굴이었다.

"위험하지 않을까요? 아무리 교묘하게 말장난을 해도 결국 팬에 대한 고발이잖아요."

"아니요. 다릅니다."

"네?"

"이건 팬에 대한 고발이 아니에요. 그들에게 그저 희생양을 던져 주는 것뿐입니다."

"희생양?"

"그렇습니다. 인터넷의 맹점이지요. 서로가 안다고 하지만 아무도 모르고, 서로가 동맹이라고 생각하지만 누구도 동맹이 아니며, 상대방에게 조언을 하지만 책임감이라곤 전혀 없이 던져지는 말일 뿐이지요."

노형진은 미친 듯이 터지는 카메라 플래시를 바라보며 말했다.

"그래픽스의 말은 팬에 대한 배신이 아닙니다. 요즘 인터넷 표현을 빌리자면 '좌표를 찍은' 거죠."

"좌표를 찍은 거라……."

"네. 자칭 팬이라는 자들을 붕괴시킬 겁니다, 후후후."

⚖

그다음부터 인터넷의 분위기는 갑자기 바뀌기 시작했다.

그 전에는 문래빗에 대해 욕하거나 그래픽스와 연관되어서 말이 나오면 그에 호응하는 댓글들이 쫘악 달렸다.

문래빗에 대한 공격이야말로 자기들에 대한 증명이라고 생각했으니까.

하지만 이제는 상황이 바뀌었다.

"아이, 씨발. 뭐야?"

조소리는 자신이 인터넷에 쓴 글에 달린 댓글에 짜증이 났다.

—더러운 걸레 같은 문래빗 년들. 내가 언젠가 갈가리 찢어 죽일 거야. 감히 우리 그래픽스 오빠들을 꼬셔? 너 같은 년들은 언젠가 돌림빵 당해서 죽을 거야.

중학생이 쓴 글이라고 볼 수 없을 정도로 원색적이고 극단적 표현.
전에는 '속이 시원하다' 아니면 '문래빗 년들을 같이 죽이자' 같은 댓글들이 달렸다.
그런데 지금은?

—너 그래픽스 안티지?
—와, 씨발. 이 개 같은 새끼들 때문에 우리 오빠들이 왜 욕먹어야 해?
—왜 문래빗 공격하심? 뭐 사귄다는 증거가 있는 것도 아니고.
—이딴 식으로 우리 오빠들 공격하지 마라, 개 같은 년아.
—이거 캡처해서 팬텀에 보냈음. 너 고소, 개 같은 놈. 감히 우리 그래픽스 오빠들한테 죄를 뒤집어씌우려고?

전과 다르게 자신을 공격하는 댓글이 가득했다.
물론 여전히 자신처럼 글을 쓰는 사람들이 전혀 없는 건 아니다. 하지만 조소리가 올린 글과 똑같이 글쓴이에 대한 욕과 팬텀에 신고하겠다는 댓글만 달리는 상황이었다.

"아, 뭐야? 도대체 어떻게 된 거야?"

조소리는 짜증을 내면서 책상을 쾅쾅 내리쳤지만 그런다
고 해서 댓글이 바뀌지는 않았다.

그때였다.

"너! 지금 무슨 짓을 하고 다니는 거야!"

문이 벌컥 열리면서 들어오는 엄마.

"아, 또 왜!"

"너 무슨 짓을 했기에 경찰서에서 소환장이 날아오냐고!"

"뭐?"

엄마의 손에 들려 있는 경찰의 소환장.

"너 진짜 미쳤어?"

그걸 보면서, 아직 어린 조소리는 잔뜩 얼어붙을 수밖에
없었다.

⚖️

"와, 이렇게 한순간에 인터넷 여론이 바뀌나요?"

고연미는 기가 막혀서 말이 안 나왔다.

일부 극성팬들의 공격 때문에 문래빗이 지금까지 그 고생
을 했는데 이제는 반대가 되어 버렸다.

문래빗에 대한 공격이 아예 멈춘 건 아니지만 최소한 인터

넷상에서는 그런 말을 하면 다른 팬들에게 미친 듯이 공격받는 분위기였다.

"전에도 말했다시피 팬에게 있어서 스타는 우상입니다. 그리고 지금까지는 그 우상이 별말 하지 않았습니다. 하지만 이제는 상황이 바뀌었지요."

그동안 그래픽스가 한 참아 달라는 말은 정상적인 팬에게는 그다지 의미가 없었다.

왜냐? 문래빗에 대한 공격은 정상적인 팬 활동의 범위에 들어가지 못했고, 하지도 않는 행동을 참을 수는 없는 일이니까.

"하지만 문래빗을 공격하는 팬들은 이미 삐딱하게 보고 있었기 때문에 그래픽스의 참아 달라는 말을 그동안 들은 척도 안 한 거죠."

"하지만 이제는 달라졌다 이거군요."

"그래픽스가 직접적으로 공격당했다는 걸 표방했으니까요. 그 때문에 심리적 동조자들이 돌변할 수밖에 없었을 겁니다."

심리적 동조자들, 그러니까 직접적으로 공격하지는 않지만 문래빗을 공격하던 자들에게 심리적으로 동조하던 자들이 사실 팬들 사이에 많았다.

직접 협박은 하지 않지만 인터넷 댓글에 '속이 시원하다' 또는 '말 잘한다' 같은 식으로 동조하면서 공격자들에게 자신이 정당하다고 생각하게 하는 사람들.

"하지만 그건 어디까지나 그래픽스가 그들에게 공격당한

다고 말하기 전의 이야기죠."

그들이 사실은 지능형 안티이며 그로 인해 자신들의 우상
이 실질적인 피해를 입고 있다?

"그러면 그들의 공격 대상은 바뀔 수밖에 없습니다."

심리적 동조? 그건 어디까지나 자기들의 우상이 공격당하
지 않을 때의 이야기다.

"더군다나 전에 말했다시피 인간에게는 보상 심리라는 게
있거든요. 죄책감이라는 것도 있고요."

진보였다가 보수로 넘어간 자들이 일반적인 보수보다 더
극단적 보수를 주장하고 대놓고 극우 세력을 조장하는 이유
는 간단하다.

진보였던 자신의 과거를 부정하고 싶기 때문이다.

"자신들이 심리적으로 동조해서 그래픽스를 공격했습니
다. 그걸 알게 된 이상, 그 사람들은 화가 남과 동시에 미안
함을 느끼기 마련이지요."

그 때문에 심리적 동조자들이 문래빗 공격자들에 대해 집
중 공격을 하기 시작했고, 그 결과 인터넷상에서 급속도로
문래빗 공격자가 줄어들어 간 것이다.

"어이가 없네요, 진짜."

고연미는 연예계가 생기고 팬덤이라는 게 생긴 후에 이 문
제는 누구도 해결하지 못할 거라 생각했다.

자신들이 통제할 수 있는 대상도 아닌 팬덤이 다른 가수를

공격하는 걸 어떻게 막으란 말인가?

그런데 노형진은 막았다.

물론 특정 팬덤과 사이좋게 지내라는 게 아니다. 그냥 서로 싸우지만 않으면 된다. 불가능한 일일 거라 생각했는데 노형진은 그걸 가능하게 했다.

"이제 문래빗에 대한 인터넷상의 공격은 대부분 멈출 겁니다."

그리고 그것만 해도 문래빗에게는 엄청나게 도움이 될 것이다.

"그러면 이제 팬덤만 수습하면 되는 건가요?"

"아니요. 그럴 수는 없지요."

"네?"

"미래를 위해서는 본을 보여야 합니다. 단순히 이랬다더라 같은 식으로 인터넷에 기록이 남으면 분명 똑같은 일이 또 벌어집니다."

"본을 보인다고요?"

"네. 진짜로 안티팬이라는 걸 증명해야지요."

"그게 가능하겠어요?"

"이미 그건 준비 중입니다, 후후후."

⚖

조소리는 세상이 무너지는 것 같았다.

자신이 좋아하는 가수가 자신을 고소했다.

정확하게는 소속사가 고소했지만, 조소리 입장에서는 그게 그거였다.

"말도 안 돼! 내가 얼마나 좋아했는데!"

소환장을 받은 그녀는 부모님과 함께 경찰서에 갔다.

다행히 촉법소년이라는 이유로 처벌은 받지 않고 나왔지만, 자신이 가장 믿고 따르던 사람에게 배신당했다는 생각에 그녀는 미칠 것 같았다.

"지금까지 내가 해 준 게 얼만데! 내가 그렇게 편들어 줬는데 감히 날 배신해?"

그녀는 분노로 부들부들 떨면서 인터넷을 켰다.

그리고 미친 듯이 글을 쓰기 시작했다.

⚖️

"아이고, 어떻게 된 게 예상에서 한 치도 못 벗어나니?"

노형진은 미친 듯이 늘어나는 인터넷상의 그래픽스에 대한 악플에 헛웃음만 나왔다.

물론 예상하고 실행한 건 자신이지만, 거기서 조금도 벗어나지 못하고 뱅뱅 도는 사람들을 보고 있자니 살짝 기가 막힌 것도 사실이었다.

"노 변호사님, 어떻게 합니까?"

박노식은 안절부절못하고 있었다.

그럴 수밖에 없다. 인터넷상에 그래픽스에 대한 악플이 무려 네 배가 넘게 늘어났다.

어떻게 팬을 고소할 수 있느냐는 악플에서부터 차마 입에 담을 수 없는 원색적인 악플까지.

물론 연예인이 악플을 안 받을 수는 없지만 이 정도의 악플은 심각한 문제일 수밖에 없다.

"뭐, 예상한 일이니까 걱정하지 마십시오."

"예상요? 이걸 예상하셨다고요? 설마 문래빗 대신에 저희를 희생양으로 삼으신 겁니까?"

"그럴 리가 있습니까, 제가 바보도 아니고?"

"그러면요?"

"이 악플이 늘어난 시점을 생각해 보세요."

"악플이 늘어난 시점?"

"그렇습니다."

"당연히 악플이 늘어난 시점은……."

고소를 진행하고 그 고소 결과가 나오기 시작한 때다.

기억을 더듬던 박노식은 흠칫했다.

"맞습니다. 자칭 팬이라던 애들이 돌변한 거죠."

자신을 고소한 팬텀과 그래픽스에 대한 분노.

"감정 조절이 안 되는 아이들입니다. 그 애들이 고소가 들어갔을 때 '아, 내가 잘못했구나. 이제 다시는 그러지 말아야지.'라고 생각했을 거라고 믿으시는 건 아니죠?"

"그건……."

"그럴 리 없지요."

그렇게 감정 조절이 잘되는 아이들이라면 애초에 이 정도로 일을 키우지도 않는다.

"더군다나 경찰서에 갔다가 촉법소년이라고 풀려난 애들이 대부분일 겁니다."

물론 성인도 있을 수 있다.

하지만 그 숫자는 많지 않을 테고, 성인이니까 미친 짓을 했으면 그에 따른 책임을 지게 하면 그만이다.

"그러면 애들은 무슨 생각이 들까요?"

"으음……."

"맞습니다. 자기 감정을 미친 듯이 토해 내기 시작하지요."

자신이 느낀 배신감이라는 감정을 인터넷에 토해 내며, 당연히 그 대상은 그래픽스와 팬텀이다.

어차피 처벌도 안 받겠다, 무서울 게 없다는 거다.

"그러면 어쩌라고요? 이 애들이 평생 저희를 따라다니면서 안티 활동을 할 것 같은데."

"평생요? 뭐, 나이 먹고 정신 차리면 그렇게까지는 하지 않을 겁니다."

"그러면 그때까지 참으라는 겁니까?"

"아니요. 그럴 리 없죠."

노형진은 어깨를 으쓱했다.

"중요한 건 이들이 안티로 돌아섰고 또다시 우리를 공격했다는 겁니다, 후후후. 그리고 그건 통계의 함정이기도 합니다."

"통계의 함정?"

"그렇습니다. 통계라는 건 결국 숫자 놀음이거든요."

노형진은 빙긋 웃으며 말했다.

⚖

팬텀은 다시 대대적인 고소와 고발에 들어갔다.

애초에 과도할 정도의 안티 활동과 모욕 활동은 협회 차원에서도 고소와 고발을 했고, 거기서 나온 팬텀 역시 자비는 별로 없는 편이었다.

그리고 그 결과 당연하게도 기존에 고소했던 아이들을 현장에서 다시 만나는 상황이 벌어졌다.

"어머님."

조소리의 어머니는 고연미를 만나서 애써 고개를 숙이고 있었다. 그럴 수밖에 없었다. 이번에는 도를 넘었으니까.

"지난번에는 아이가 어리고 그래서 저희가 봐드렸어요. 촉법소년이라고 하지만 민사소송을 못 하는 건 아니에요. 하지만 그때 뭐라고 하셨어요? 애가 어리니까 봐 달라, 살면서 실수할 수도 있다, 그러셨잖아요."

"변호사님, 잘못했습니다. 죄송해요. 진짜 죄송해요."

"이건 죄송의 문제가 아니에요. 지금 아이가 어려서 그렇지, 이거 전과 2범 상황이에요. 그 아이가 인터넷에 쓴 글 보셨어요?"

"그게⋯⋯."

"보셨겠죠, 고소장에 썼으니까. 그래픽스에게 끌려가서 집단 폭행을 당했다고요? 그 당시에 그래픽스는 부산에서 행사 중이었어요."

"그게⋯⋯."

"그래픽스뿐만이 아니에요. 저희가 집에 가서 협박을 했다고요? 저희가 촉법소년이라고 그냥 보내 드린 건 그래도 어머니가 잘 관리해 주실 거라 생각해서예요. 그런데 이게 뭐예요?"

고연미는 기가 차다는 듯 말했다.

증거로 캡처한 인터넷의 글은 말도 안 되는 헛소리로 가득했다.

물론 너무 헛소리로 가득해서 아무도 믿지 않는 수준이기는 하다. 하지만 중요한 건 그걸 인터넷에 올렸다는 거다.

"기회는 한 번만 드린다고 그때 말씀드렸지요? 그냥 민사 소송 진행하겠습니다."

"벼, 변호사님⋯⋯."

그 말에 싹싹 비는 조소리의 부모.

"우리 애가 어려서 잘못을 몰라서 그래요."

"그래요. 그래서 한 번 기회를 드렸잖아요? 그 기회를 걷

어차신 건 어머니 쪽이세요.”

“제발…… 제발 부탁드립니다. 다시는 안 그럴게요.”

“의뢰인 쪽은 확고하세요.”

“뭐든 다 하겠습니다. 제발…….”

“하아.”

고연미는 그렇게 한숨을 푹 쉬며 조소리의 어머니에게 말했다.

“저희 조건을 받아들이시겠어요? 그러면 저희가 합의해 드릴게요.”

“하, 합의요?”

“지금 여기서 또 어리다는 변명으로 벗어나려고 하지 마세요. 그런 거 저희한테 안 먹혀요. 저희, 새론입니다.”

“…….”

“받아들이시든가 아니면 끝까지 가시든가, 그건 선택하시면 돼요.”

결국 조소리의 부모는 합의 조건을 받아들일 수밖에 없었다.

⚖

“씨가 말랐네.”

그렇게 미친 듯이 올라오던 악플이 말 그대로 사라졌다.

아예 사라진 건 아니지만 그저 싫다는 정도이지, 말도 안 되는 헛소문을 유포하든가 원색적 모욕을 하는 악플은 사라졌다.

"그리고 그래픽스는 이미지가 나빠지지도 않았지요."

노형진은 싱긋 웃으며 신문을 건넸다.

오늘 자 연예면에 노형진이 노린 글이 있었다.

그래픽스를 모욕한 사람들의 80%가 지능형 안티. 과연 정신 질
환인가?

"그렇게 분류해서 고소한 걸 기자들은 모르네요."

"자기들이 조사한 게 아니니까요."

노형진은 그 많은 팬들이 갑자기 돌변할 거라 예상했다.
그래서 그들을 특별 관리했다.

나이가 어린 촉법소년들은 많은 사이트에 가입할 수가 없
다. 당연히 글을 쓰는 공간은 한정적이다.

그런 곳은 아이디만 정확하게 기록해 두면 그들이 또 글을
썼을 때 찾아내는 것이 어렵지 않다.

노형진은 그렇게 돌변한 계정을 가지고 또다시 고소했다.

통계로 봤을 때 지능형 안티라고 분류된 사람들이 다시 고
소된 형태이니, 당연히 언론에 나갈 때는 그들은 팬이었던 게
아니라 애초부터 지능형 안티였던 걸로 보일 수밖에 없다.

특정 그룹에 대해 두 번씩 모욕하는 인간들을 팬이라고 볼
수는 없으니까.

"그러니 사람들이 생각하는, 가수가 팬을 고소했다는 이미지는 생기지 않지요."

그래픽스가 고소한 건 팬이 아니라 자신들에 대한 헛소문을 유포하던 지능형 안티일 테니까.

"결국 그래픽스도 문래빗도 윈윈이지요."

문래빗에 대한 공격은 멈췄고 그래픽스는 이번 사태로 인해 비정상적인 팬을 쳐 내는 데 성공했다.

"하지만 그래도 이해가 안 가요."

"뭐가 말입니까?"

"아무리 그래도 어떻게 그 많은 댓글이 다 사라지지요? 단순히 합의 조건이 정신과 치료라는 것치고는 이상할 정도로 빨리 사라졌는데요."

합의의 조건이 정신과 치료인 이유는 간단하다.

그 아이들이 그렇게 미쳐 날뛰는 것은 단순히 어려서만은 아니다. 사회적인 부적응이나 집안에 대한 불만족 때문에 심리가 불안정해지는 부분도 있다.

노형진이 악마도 아니고, 어린아이들의 인생을 갈아 먹겠다고 덤비지는 않는다.

어른이라면 자기 인생을 책임져야 하지만 열네 살도 안 된 아이들은 아직 자기 인생을 책임지기에는 너무 어리다.

"아, 그거요? 정신과 치료 때문은 아닐 겁니다."

"네? 그러면요?"

"당연한 거 아닙니까?"

노형진은 싱긋 웃으면서 뭔가를 당기는 시늉을 했다.

"저라면 인터넷을 뽑아 버릴 겁니다."

"아하!"

한 번도 아니고 두 번이나 인터넷으로 사고를 쳤다.

그러면 부모는 어떻게 할까?

아마 대부분의 부모들은 인터넷 선을 뽑아 버리고 스마트폰을 압수하는 선택을 할 것이다.

"기본적으로 아이들에게는 구정물을 걸러 낼 수 있는 능력이 없으니까요."

그러면 해결책은 간단하다.

능력이 생길 때까지 구정물에 접근하지 못하게 하면 된다.

"그리고 아이들에게는 촉법소년이니 청소년보호법이라는 것은 이해도 안 가고 이해할 수도 없는 겁니다."

자기가 어려서 처벌받지 않는다고 하면 '아싸, 좋구나.' 하며 날뛰는 게 아이들이다.

하지만 인터넷과 스마트폰 금지는 그 애들이 피부로 직접 느낄 수 있는 처벌이다.

"어떻게 보면 징역 1년, 집행유예 2년보다 훨씬 더 강한 처벌일 겁니다."

삶 자체가 많이 바뀔 테니까.

그사이에 인내와 절제를 배우게 될 것이다.

"배우지 못하는 애들은 뭐, 성인이 된 후에 자기 인생에 대해 제대로 배우게 되겠지요."

아이들에게 노형진은 배울 기회를 줬다.

그리고 그걸 받아들이는 건 그 아이들의 몫이다.

"진짜 거의 아무런 피해 없이 사건이 끝날 줄은 몰랐네요."

"후후후, 관점의 문제입니다."

관점만 제대로 잡으면 해결 방법은 있다, 다만 그게 쉽지 않을 뿐이지.

"하지만 다음번에는 이런 일이 없었으면 좋겠네요."

"아마 없을 겁니다."

"어떻게 아세요?"

그 말에 노형진은 싱긋 웃으면서 손을 들어서 목을 자르는 시늉을 했다.

"이슈 타려고 한 PD를 잘랐거든요."

사실 이번 사건에서 진짜 가해자는 그 PD였고 노형진은 그를 놔둘 생각이 없었다.

"진짜 최후까지 허투루 하는 분이 아니네요."

"으하하하, 제 주특기 아니겠습니까?"

노형진은 기분 좋게 웃었다.

배경은 이제 끝이다

"대동에서 싸움이 멈춰 가는 눈치라고 하더군."

"하긴 내부에서 너무 오래 싸웠으니까요."

노형진은 유민택의 말에 이해가 간다는 듯 고개를 끄덕거렸다.

대동은 노형진의 함정에 빠져서 원역사보다 훨씬 더 오래 그리고 훨씬 더 치열하게 내전을 겪었다. 그러다 보니 힘이 많이 빠졌다.

"전쟁에는 돈이 필요하지요."

그 돈을 채워 넣기 위해 신동성과 신동우는 알음알음 기업을 팔아야 했고, 대룡을 비롯한 주변에서 그걸 조금씩 사 모았다.

그리고 그 결과 대동의 사세는 과거에 비해 확실히 줄었다.

"물론 그렇다고 해도 여전히 알짜 회사는 꽉 쥐고 있지만요."

"그래. 정보 분석관의 보고로는, 아마도 더 이상 싸우지 않고 계열사 분리로 끝날 가능성이 높다고 하더군."

한쪽이 조금이라도 힘이 부족하면 잡아먹으려고 달려들겠지만 신동하가 그 사이에서 균형을 맞춰 왔다.

그리고 지금쯤이면 신동우가 신동하의 배신을 알아차렸을 것이다.

신동성이 가지고 있던 유통 라인을 신동하가 가지고 갔으니까.

"그리고 그곳을 통해 한국의 물건이 빠르게 퍼지고 있고요."

"다만 생각보다 판매량이 많지는 않다고 하더군."

"일본 특유의 불매 시스템 때문에 그렇습니다."

"일본 특유의 불매 시스템?"

"네."

일본은 여러모로 이상한 나라다.

다른 나라들보다 훨씬 잘사는 건 맞는데, 외국의 물건에 대한 견제가 심하다.

보통 사람들이 물건을 살 때 가장 먼저 보는 게 바로 가성

비다. 가격에 비하여 성능이 떨어지면 잘 사지 않는다.

물론 명품이라는 브랜드 파워로 버티는 곳도 있기는 하지만, 일본에 제품을 공급하려는 중소기업과 대롱의 물건은 브랜드 파워가 명품이라고 볼 수는 없다.

"명품이 아닌 경우, 일본은 더 비싼 돈을 주고 성능이 떨어지는 자국의 물건을 사려고 하는 성향이 강합니다."

"그 부분 때문에 말이 많아. 도대체 왜 그런지 모르겠네."

그런 성향이 어느 정도로 강하냐면, 전 세계에 수천만 대의 차량을 팔아 치운 두한조차도 일본 내 총판매량이 만 대가 안 되는 수준이다.

이제는 두한도 사실상 철수만 하지 않았을 뿐 일본 진출은 포기하다시피 한 상황.

"보통 기술 좋고 가격 싸면 그걸 사는 게 사람 심리 아닌가? 그런데 왜 일본만 안 그래?"

유민백은 말도 안 된다는 듯 고개를 흔들었다.

"일본인들은 공격 대상이 되고 싶지 않아 하거든요."

"공격 대상?"

"일본인들은 그들 특유의 이지메 문화가 강합니다. 그리고 그 대상을 특정할 때 말입니다, 남과 다른 걸 우선적으로 따집니다."

"그게 자기가 쓰는 물건과 무슨 관계가 있다는 건가?"

"한국인과 일본인은 성향이 전혀 다릅니다. 똑같다고 생각하면 절대 못 이깁니다."

한국은 어지간한 일이 아니면 상대방이 무슨 물건을 쓰든 그다지 신경 쓰지 않는다.

물론 불매운동 같은 게 없는 건 아니나, 그걸 쓴다는 것 자체를 가지고 공격하거나 실질적인 피해를 입히는 경우는 없다.

"실제로 일본 자동차 불매운동이 벌어져도 사는 놈은 사지요."

그리고 그걸 샀다고 해서 개인에 대한 공격이 들어가지는 않는다.

기껏 공격한다고 해 봐야 신호 위반에 대한 자발적 신고 정도?

"하지만 일본과 중국은 좀 다릅니다."

불매운동이 벌어지는 경우 중국은 극렬 공격으로 대변된다.

일본 차를 부수고 불태우고 운전자를 폭행한다.

"일본은 그렇게까지는 하지 않습니다. 대신에 그걸 구입한 대상에게 비국민이라는 낙인을 찍습니다."

"비국민?"

"음…… 쉽게 표현하자면 공식적으로 사회에서 이지메를 시켜도 된다는 의미라고 보시면 됩니다."

그 낙인이 찍히면 사회에서 그를 그대로 이지메시켜 버린다.

"일본인이 성능도 구린데 더 비싸기까지 한 자국 물건을 사는 이유는 애국심이 강해서가 아닙니다. 그 비국민이라는 딱지가 무서운 거죠. 일본에서 튄다는 것은 한국과는 좀 다릅니다. 거의 생존의 문제와 직결되다시피 하지요."

"무섭군."

"그렇지요."

만일 한국 텔레비전을 샀는데 누군가가 집에 초대되어 왔다가 그걸 보고 주변 사람들에게 말하면?

그때는 그는 국산을 사랑하지 않는 비국민 취급을 받게 된다.

그러니 울며 겨자 먹기로 성능이 떨어지는 국산을 사야 하는 것이다.

"한국으로 치면 경쟁사 물건을 산 거라고 보면 될까요?"

"그래도 싫은 소리를 듣기는 하겠지만 비국민까지는 좀……."

"일본인의 성향이 그렇습니다."

"그러면 우리가 공급하는 게 쉽게 자리를 잡기는 힘들겠군."

"그래서 일본의 기업들이 힘이 좋은 겁니다."

전 세계적으로 그다지 성능이 좋은 건 많지 않지만 일본이라는 시장 자체가 거의 확정적이다 보니 망하지도 않는다.

그리고 대동은 그 안에서도 유통 라인을 먹는 방식으로 전 세계에서 상당한 규모로 성장할 수 있었고 말이다.

"하긴 소문을 들어 보니 신동성이 조금씩 별도의 유통 라인을 만들고 있다고 하더군."

"그가 멍청이는 아닐 테니까요."

신동하에게 적지 않은 돈을 받고 유통 라인을 넘겼다고 하지만, 애초에 신동성은 신동하를 믿을 놈이 아니다.

도리어 신동하를 적으로 인식하고 있을 가능성이 크다.

애초에 그들의 싸움에 아군이란 없다.

당연히 그 유통 라인을 쓰지 않으려고 준비할 텐데, 유통업이 주력인 대동에 있어 그건 어려운 일이 아니다.

"유통이라는 건 결국 인맥이거든요. 특히 식품 같은 건 더욱 그렇지요."

신동성이 신동하에게 넘긴 시즈미유통은 일본 내에서 대동의 식품부를 유통하던 회사다.

가전 같은 경우는 직배가 상당히 많고 결국 정해진 곳을 통하기 때문에 그걸 바꾸는 게 쉽지 않지만, 식품 같은 경우는 지역별로 가게도 많고 마트나 백화점 같은 매장도 많다.

그래서 조금 귀찮을 뿐, 유통 라인을 바꾸는 건 어려운 일이 아니다.

"실제로 시즈미유통에서 퇴사자들이 제법 많을 텐데요?"

"맞아. 우리 쪽에서는 그들이 대동, 아니 신동성이 만드는 새로운 유통 쪽으로 갔을 거라 생각하네."

"아마도 그럴 겁니다."

"그래도 식품 쪽은 그나마 나은데……."

노형진의 전략, 그러니까 일본 회사가 한국에서 생산한 것처럼 꾸미는 OEM 전략 덕에 아예 한국 이름을 달고 공략하는 것보다 실적이 좋기는 하지만, 그래도 여전히 상황이 낙관적인 것은 아니었다.

"특히나 그들이 싸움을 멈추면 다음에는 신동하를 공격할 게 뻔한데 신동하에게는 아직 그걸 버틸 힘이 없네."

"일단은 그렇지요."

노형진은 고개를 끄덕거렸다.

"하지만 그 전에 우리가 선공을 한다면요?"

"선공?"

"지금까지 신동하는 양쪽에서 무게 추 역할만 했습니다. 이제는 그 세력을 확장해야 하는 시점입니다."

무게 추는 무게 추일 뿐이다.

아무리 잘나도 결국은 버려질 수밖에 없는 그런 존재.

그리고 노형진은 신동하를 그 정도로만 놔둘 생각이 없었다.

"사실 우리가 몸을 낮춰서 그렇지, 신동하의 전력이 약한 건 아닙니다."

노형진과 마이스터 그리고 대룡이 그동안 긁어모은 주식.

거기에다 대동 그룹의 대지주 회사인 대동중공업의 주식.

그뿐만 아니라 오랜 시간 발전해 온 엔터테인먼트계에서의 신동하의 능력.

마지막으로 이번에 신동성에게서 넘겨받은 시즈미유통까지.

단시일 내에 성장한 것치고는 절대 약하지 않다.

"신동우와 신동성을 기준으로 한다면…… 그들의 힘의 약 30% 정도는 됩니다."

물론 그걸 가지고 그들과 싸운다면 분명 지게 될 가능성이 높다.

"하지만 그 시스템을 잘만 이용한다면 신동성은 절대 우리를 못 버립니다. 그 말은, 신동성은 신동우가 화해의 손을 내민다고 해도 그걸 못 잡는다는 거지요."

"이해가 안 가네만."

노형진은 그 말에 빙긋 웃었다.

하긴 이 계획을 설계할 때 유민택에게 다 말해 준 것은 아니다.

애초에 거의 대부분의 계획이 정보 누설의 위험 때문에 장기적 플랜은 공개하지 않고 이야기한다.

"제가 신동성과 신동우가 계열 분리를 할 거라는 걸 예상 못 했겠습니까? 대부분의 대기업의 후계자 싸움은 그런 식으로 끝납니다."

계열 분리. 즉, 대동이 두 개의 기업으로 나뉘는 걸 말한다.

물론 대룡의 입장에서는 훨씬 유리하다.

거대한 덩어리 하나를 상대로 싸우는 것보다 작은 덩어리 두 개를 상대로 싸우는 게 좀 더 나으니까.

하지만 그렇다고 해도 여전히 문제가 없는 것은 아니다.

계열 분리를 해서 두 기업으로 나눈다 해도 여전히 그들 하나하나가 대룡보다 훨씬 규모가 크다.

전쟁터로 본다면 한 지점에서 받는 압력은 감소할지 몰라도 싸우는 대상이 두 곳으로 바뀌기 때문에 전선 자체는 늘어나는 꼴이 되어 버린다.

"애초에 말입니다, 시즈미유통은 버리는 패입니다."

"뭐라고? 그 규모가 얼만데!"

유민택은 핼쑥한 표정이 되었다.

물론 식품에 한정한다고 하지만 어찌 되었건 전국적인 유통 라인을 가진 시즈미유통이다.

그런데 그게 버리는 패라니?

"정확하게 제가 노린 건 시즈미유통이 아닙니다. 그 뒤에 있는 식품이지요."

"식품?"

"식품 유통과 식품은 떼려야 뗄 수 없는 관계 아닙니까?"

시즈미유통이 신동성을 편들어 준다는 것은, 반대로 말하면 대동식품이 신동성의 편이라는 의미이기도 하다.

대동식품은 대동에서도 상당한 규모의 계열사 중 하나다.

"전 애초부터 대동식품을 노렸습니다. 회장님도 과거에 성화와 싸울 때 한번 겪어 보셨잖습니까? 식품에서 나오는 돈은 어마어마합니다."

그리고 그건 다른 사업과 다르게 모조리 현금이다.

실제로 성화 쪽의 식품 라인이 노형진의 공격으로 순간 붕괴되었을 때부터 성화의 몰락이 가속화되었다.

그걸 생각하면 그 안에서 나오는 자금의 힘은 절대 무시할 게 못 된다.

"그걸 알기에 신동성이 공들인 건 현금화가 빠른 곳이었지요."

그에 반해 신동우를 편들어 준 곳은 현금화가 느린 건설 같은 곳이다.

'원래 역사에서는 그게 승패를 갈랐지.'

초반에 돈이 없어서 쩔쩔매는 신동우와 다르게 신동성은 현금화가 빠른 사업으로 전쟁 자금을 들이부었고, 그게 신동성의 승리의 요인이었다.

물론 지금은 노형진 때문에 그게 물 건너간 상황이라 지루한 싸움이 계속될 뿐이지만.

"반대로 말하면, 지금 대동식품이 타격을 입으면 신동우의 입장에서는 손잡을 이유가 없게 되는 거죠."

왜냐? 주요 자금줄이 막혀 버리는 게 빤히 보이는데 신동우가 미쳤다고 싸움을 그치려 할 리가 없기 때문이다.

"물론 이 작전은 오래는 못 씁니다. 아니, 지금이 아니면 못 쓰죠. 그러니 이참에 양쪽 다 타격을 입혀야 합니다."

"그리고 그렇게 되면 이제 주사위 노릇도 끝이겠군."

"끝이지요."

노형진은 고개를 끄덕거렸다.

"하지만 우리가 언제까지 뒤에서 구경만 해야겠습니까?"

노형진은 씩 웃었다.

"이제는 우리가 앞으로 나갈 시간입니다, 후후후."

⚖

"방사능⋯⋯오염 식품의 유통을 전면 금지한다고요?"

신동하는 노형진의 말에 당혹감을 감추지 못했다.

"아니, 그게 말이나 됩니까?"

"안 될 건 또 뭡니까? 지금 일본 식품의 방사능오염 상태를 모르시는 건 아닐 테고."

"그거야 알지요. 부자들은 죄다 물건들을 수입해서 쓴다는 것도 알고요."

"아시면서 왜 물으시는 겁니까?"

"안다고 해결되는 게 아니지 않습니까?"

방사능 물품을 회사에서 전면 점검해서 유통한다고 발표하는 건 위험한 일이다.

일단 그렇게 되면 일본의 상품은 거의 유통이 불가능해지니까.

더군다나 그런 기업을 과연 일본 사회가 그냥 둘까?

물론 소비자들은 불안감에 그 회사의 물품을 쓰기는 할 것이다.

사실 비국민이고 나발이고 좀 깨어 있는 일본 사람들은 돈이 없어서 일본을 못 떠날 뿐이지 그러한 방사능 문제를 심각하게 받아들이고 있다.

그 상황에서 '방사능오염 상품 절대 유통 금지'라는 조건이 붙으면 일단 믿고 쓸 수밖에 없다.

"그 정도면 시즈미유통도 망하지는 않을 것 같은데요?"

"망하지야 않겠지요. 하지만 극우 세력의 공격이나 정치권의 공격에 망할 겁니다."

그건 알고 있다.

지금 일본에서 방사능이라는 것은 극도로 예민한 주제다.

그걸 입 밖으로 꺼내는 것 자체가 금기시되고 있으며, 일부에서는 방사능이라는 주제를 언급하는 것만으로도 비국민 취급할 정도다.

현실적으로 해결되었다고 주장하고 있지만 해결된 건 하나도 없기 때문이다.

"압니다. 그러니까 그런 계획을 이야기하자는 겁니다."

"네?"

"신동성이 별도의 공급 라인을 준비하고 있다는 건 아시나요?"

"그거야…… 그다지 놀라운 일도 아닌데요. 다 예상한 거 아닙니까?"

신동성도 바보는 아니고, 나중에 신동하가 자신을 도와줬다고 해서 그와 하하 호호 지내지는 않을 게 뻔하다.

"그래서 이게 필요한 겁니다. 정확하게는 내부 문제로 이야기가 나와야 하는 거지요."

"내부 문제?"

"그렇습니다."

"어…… 이해가 안 갑니다만?"

신동하는 미간을 찡그리며 얼마간 생각에 잠기더니 고개를 저으며 노형진을 쳐다보았다.

"법률적인 협상을 할 때 말입니다, 때로는 뻥카로만 효력을 발휘하는 카드들이 있습니다. 실제로는 효과가 약하거나 아예 없는 카드들이지요."

"그런 게 가능하다고요?"

뻥카 또는 블러핑. 그건 카드놀이를 할 때도 많이 쓰는 수법이다.

하지만 이번 경우는 저쪽이 이쪽 카드를 알고 있는 상황이 아닌가?

"자세하게 설명해 주시겠습니까? 전 진짜 이해가 안 가서요."

신동하의 요청에 노형진은 잠시 눈을 살짝 내리깔고 생각에 잠겼다가 입을 열었다.

"음…… 이렇게 이야기하면 아시겠네요."

기본적으로 시즈미유통은 대동의 식품을 주로 유통하는 기업이다. 다른 곳의 물건을 유통하지 않는 것은 아니지만, 그래도 주력은 대동의 식품이다.

"그리고 유통 라인을 꾸미는 데 능숙한 대동의 입장에서는 그거 날려 버리고 새로 만드는 게 어렵지 않거든요."

당장 노형진이 성화를 날릴 때처럼 각 지점을 계약 해지시키고 시즈미유통에서 직원을 빼 가는 건 일도 아니다.

그렇게 되면 시즈미유통은 진짜 이름만 남은 껍데기가 된다.

신동성은 그걸 알기에 헐값에 시즈미유통을 건넨 것이고 말이다.

"그건 피할 수 없는 사실이지요."

"그렇지요. 아!"

그 순간 신동하는 노형진이 노리는 게 뭔지 알아차렸다.

"이걸 아 다르고 어 다르다고 하는 건가요?"

"그것보다는, 음…… 한국식 표현을 빌리자면 명예로운

죽음이라고 할 수 있겠네요."

"명예로운 죽음?"

"네. 어차피 죽을 거라면 그냥 죽는 게 아니라 명예를 지키며 죽는다는 거죠."

현재 일본의 상품은 방사능으로 오염된 것이 대부분이다.

실제로 일본에서 수출한 화장품조차도 방사능에 오염되어 있어서 반품되는 지경이다.

하물며 화장품은 화학제품인데도 그런데, 식품은 일본에서 나는 작물이 들어갈 수밖에 없으니 말할 것도 없다.

"만일 우리가 그걸 발표하면 어떻게 될까요?"

"신동성의 식품 회사 입장에서는 타격이 크겠군요."

신동성이 거래를 끊는 순간 대동식품의 방사능오염 문제는 현실적으로 다가올 수밖에 없다.

"하지만 계약 해지 문제로 풀 수도 있지 않습니까?"

"그게 가능할까요? 일반 국민은 대동의 내전에 대해 잘 모릅니다. 알 생각도 없고요."

대동식품은 대동식품이고 시즈미유통은 그런 대동식품의 계열사라는 이미지가 강하다.

"그런데 대동 계열사인 대동식품이 갑자기 거래를 끊는다? 그건 누가 봐도 이상하죠. 아마 저쪽은 시즈미유통에 무슨 죄든 뒤집어씌우려고 할 겁니다."

엄밀하게 말하면 대동식품이나 시즈미유통이나 대동 그룹

의 계열사다. 당연히 내부 거래를 하는 게 보통이다.

그런데 저쪽에서는 그걸 잘라 버릴 생각이다.

그렇게 되면 당연히 이쪽은 망할 수밖에 없다.

그리고 현재로써는 그걸 막는 건 힘들다.

"하지만 우리가 먼저 그걸 발표하면?"

"보복이라 생각하겠지요."

"네. 차이기 전에 차 버리는 거죠. 그것도 적당한 이유를 대면서. 즉, '명예롭게' 죽는 겁니다."

시즈미유통에서 방사능오염 상품을 거절하겠다고 발표하면, 대동은 그 문제로 보복 계약 해지를 한 것으로밖에 볼 수 없는 구도가 나오게 된다.

"더군다나 대동식품이 거래를 끊는다고 해서 시즈미유통이 아예 망하는 것도 아니거든요."

현재 시즈미유통은 한국 상품을, 정확하게는 OEM으로 생산된 상품들의 유통을 시작하고 있다.

당연하게 한국과 중국 등지에서 생산된 상품은 방사능에서 상대적으로 안전할 수밖에 없다.

"즉, 그 사실을 발표한 후에 상품들을 유통하면서 사람들에게 믿음을 산다?"

"일본은 장인 정신을 좋아하지요."

문제는 좋게 말해서 장인 정신인 거지, 현재 일본에는 장인 정신이라고 할 만한 게 그다지 남아 있지 않다는 거다.

"그리고 장인 정신이라는 건 일종의 타협하지 않는 양심입니다."

"설마……?"

"만일 실행하게 된다면 그게 우리의 방향성이 된다는 거죠."

유통의 장인, 국민을 위해 일말의 양심도 팔지 않는 기업 같은 식으로 홍보하면 어떻게 될까?

대동식품은 졸지에 방사능 식품이나 팔아먹는 비양심적인 기업이 될 것이다.

"더군다나 대동은 벌써 방사능 문제로 심각한 타격을 입은 상태입니다."

방사능 사태 해결에 외국인을 밀어 넣고, 후쿠시마산의 오염된 식품을 가격이 싸다는 이유 하나만으로 강제로 먹였다.

그 결과 외국인들은 방사능에 오염되어서 소송을 진행했고 대동은 막대한 배상금을 물어야 했다.

문제는 이 모든 게 신동성 측에서 터진 일이라는 거다.

"이번에 터지면 신동성은 분명 문제가 될 겁니다. 될 수밖에 없지요. 쉽게 말해서 3연타인 셈이니까."

한 번 걸리는 건 우연일 수 있지만 두 번 걸리면 의심스러울 수밖에 없고 세 번 걸리면 확신이 된다.

"그리고 우리가 그런 발표를 하고 거래가 끊어지는 순간이 세 번째라는 거군요."

"맞습니다. 세 번째죠. 그렇잖아도 신동성은 신동우보다 힘이 많이 달리는 상황입니다."

만일 그게 터지면 심각한 타격을 입을 수밖에 없다.

"하지만 그런다고 해도 우리가 유통하는 상품이 너무 적어지는데요."

한국에서 가지고 오는 상품의 숫자가 많다지만 아직 본국인 일본보다는 적을 수밖에 없다.

더군다나 OEM 방식이라는 한계의 특성상 그 양을 갑자기 늘리는 데에는 한계가 있다.

"대룡이 있지 않습니까?"

"대룡요?"

"네."

"대룡에서 나오는 식품들은 이미 OEM 방식으로 거래 중입니다만?"

"대룡에서 만들진 않지만 거래는 할 수 있지요."

"그게 무슨 말씀이신지?"

"대룡은 과거에 성화와 싸우면서 식품 수입 라인을 확보해 놨습니다."

그 당시에 전쟁 중이던 성화식품에 타격을 주기 위해서는 당연히 다양한 종류의 식품이 필요했고, 그 대응책으로 해외에서 판매되는 식품 중에서 검증을 통해 한국에 먹힐 만한 제품을 수입하기 시작했다.

"처음에는 과자 종류에 국한되었지만 지금은 여러 가지를 수입하지요."

"어…… 수입이라……. 동남아나 유럽 같은 곳에서요?"

"그렇습니다."

아무리 그래도 자국 내에서 만들어서 파는 것보다는 판매량이 적을 수밖에 없겠지만 시즈미유통이라는 이름을 유지할 수 있는 수준은 될 것이다.

"그리고 시즈미유통은 규모는 줄어들겠지만 반대로 실제로 방사능 상품을 사운을 걸고서라도 유통시키지 않은 기업이 될 것입니다."

"으음……."

물론 진짜로 시즈미유통은 버리는 패가 될 수도 있고 실제로 망할 수도 있다.

"하지만 반대로 공포가 퍼질 수도 있지요."

일본인들이 지금 방사능에서 시선을 돌리는 이유는 간단하다. 대안이 없기 때문이다.

모든 기업이 죄다 정부의 눈치를 보고 있고 해당 문제에 대해 손을 놓고 있는 상황이다.

오히려 후쿠시마산이 싸다는 이유로 적극적으로 후쿠시마산 재료를 이용하는 판국에 믿을 곳이 있겠는가?

'일본인들은 티를 안 낼 뿐이지 두려움은 가지고 있다.'

실제로 시장에 가면 후쿠시마산 재료는 거의 없다.

아예 팔리지를 않으니 나오지도 않는 것이다.

유통 업자는 후쿠시마산 재료는 공장이나 대량 납품으로만 소비된다고 이야기했다.

"만일 다른 상품이라면 비국민 문제가 생길 수도 있습니다."

일본에 충성을 다하지 않고 해외의 물건을 쓰는 비국민 취급을 받으면 사회적으로 집중 공격을 받게 된다.

"하지만 먹는 건 아니죠."

먹으면 없어지는 물건이고, 남의 집에 와서 찬장을 뒤지는 것은 일본에서는 극도로 예의 없는 행동이다.

일본인들이 남에게 민폐를 끼치는 것을 극도로 혐오하다 보니 남의 집 찬장까지 뒤져 가면서 해외 식품을 찾을 리는 없다.

"설사 어쩌다 찾아낸다고 해도, 그걸 막기 위해 만든 OEM 아닙니까?"

뒷면의 내용을 아주 자세하게 보기 전까지는 해당 식품은 일본의 기업이 만들어서 파는 일본의 식품일 뿐이다.

"신동성 입장에서는 미치고 팔짝 뛸 일이겠네요."

"스스로 대동식품의 목을 쥐어짜는 꼴이니까요."

물론 진짜로 그 효과를 낼 수 있을지 알 수는 없다.

애초에 일본인의 성향을 생각하면 그 효과가 생각보다 작을 수도 있다.

"하지만 중요한 건 명분이지요."

방사능에 오염되어 자국 내의 기업조차도 유통을 거부하는 물건.

그게 세계적인 영향력을 가지게 될 것은 당연한 일이고, 신동성에게는 치명적인 타격이 될 수도 있다.

"물론 그것만이라면 문제가 안 되겠지만요."

현금이 마르기 시작하면 신동성은 그때부터 밀릴 수밖에 없게 된다.

"그러니 이쪽에서 내미는 카드는 아마 제법 쓸 만할 겁니다, 후후후."

⚖

신동성은 심장이 덜컥 내려앉는 기분이었다.

"뭐라고?"

"시즈미유통 측에서 방사능오염 물품의 유통을 원천적으로 차단할 생각이라고 합니다. 그러니 모든 물품에 대한 방사능 검사 기록을 가지고 오라고 합니다."

"미친 새끼들! 지금 자기들이 무슨 말을 하고 있는지 알고는 있는 거야?"

사실상 일본 영토의 3분의 1 이상이 방사능오염 상태라고 봐야 한다.

그마저도 최소한의 기준이고, 해외 석학의 기준에 따르면 3분의 2가 오염 지역이다.

그것도 과거의 체르노빌 사태를 기준으로 하면 전부 오염으로 인한 강제 이주 대상에 해당할 정도로 심각한 오염 사태다.

그럴 수밖에 없다.

애초에 사건이 터진 위치가 좋지 않았다.

그 기준으로 대피 구역을 설정하면 사실상 일본의 한가운데에 자리한 어마어마한 영토가 사람이 살 수 없는 곳이 된다.

거기에다가 그곳은 일본의 대도시들이 몰려 있는 곳이기도 했다.

물론 제대로 통제했다면 일이 이 지경까지는 가지 않았을 것이다.

하지만 일본 정부는 자신들의 실책을 감추고 방사능 사태를 은닉하기 위해 희대의 병신 짓을 했다.

소위 말하는 '먹어서 응원하자' 운동과 '태워서 응원하자' 운동이 그것이다.

'먹어서 응원하자'는 방사능오염 구역에서 나온 농작물을 먹자는 건데, 이러한 행위는 인간에게 내부 피폭을 일으킨다.

'태워서 응원하자'는 더 병신 같은 건데, 재건 사업 중에 나온 폐기물을 전국에 있는 소각장에서 같이 태우자는 것이다.

쉽게 말해서 원래는 후쿠시마 일대에만 있어야 하는 방사능을 일본의 전 국토로 퍼트린 셈이다.

물론 다른 지역에 있는 공장이라면 안전하겠지만, 그 오염 반경에 있는 공장은 오염을 피할 수가 없었다.

"미친 거 아냐? 지금 그걸 말이라고! 그걸 따른다는 게 말이나 되는 거야? 시즈미유통은 대동의 계열사인데 지금 우리한테 반기를 들어?"

"그게……."

보좌진은 당혹스러운 감정을 감추지 못했다.

"지금 브레이크를 걸 만한 사람이 없습니다."

"브레이크를 걸 만한 사람이 없다고?"

"도련님께서 시즈미유통을 모든 유통 라인에서 배제하라고 하셔서 그 안에 있던 주요 임원과 인력을 알게 모르게 새로 만들어지는 스지모유통으로 이직시켰습니다. 지금 시즈미유통은 빛 좋은 개살구입니다."

물론 하급 직원들은 거의 손대지 않았다. 그러면 티가 확 날 테니까.

하지만 유통 전반을 책임지는 주요 인사들은 이직시킨 상태라, 신동성의 말만 떨어지면 일시에 거래를 끊을 계획이었다.

당연히 시즈미유통은 망하거나 그 규모를 파격적으로 줄일 수밖에 없을 테고, 그러면 해직당한 직원들을 싼 가격에 스지모유통으로 옮겨서 고용할 생각이었다.

"그런데…… 이익……."

만일 지금 저걸 공식적으로 발표하고 시즈미유통에 먼저 손절을 한다면 대동식품의 물건이 방사능에 오염되어 있다는 걸 인정하는 셈이다.

"당장 신동하를 만나 봐야겠어."

신동성은 자리에서 일어나 차를 타고 신동하를 찾아갔다.

마침 사장실에 있던 신동하는 그런 신동성을 반갑게 맞이해 줬다.

"형님, 이 시간에 어쩐 일이십니까?"

"너 지금 미친 거냐? 대동하고 전쟁이라도 하자는 거야?"

그 말에 신동하는 코웃음을 쳤다.

"어쩔 수 없지요."

"뭘 어쩔 수 없다는 거냐! 아무리 그래도 시즈미유통은 대동의 계열사야!"

"어차피 껍데기만 남은 것 아니었나요?"

"뭐?"

그 말에 신동성은 움찔했다.

"형님, 솔직히 그 정도로 움직이는데 내가 모르면 그게 더 병신 같은 상황 아닙니까?"

주요 임원의 이탈은 그렇다 해도, 거래처의 상황 또한 여차하면 손 털고 나가려고 하는 게 너무나 빤하게 보인다.

"제가 형님한테 시즈미유통을 달라고 한 건 그래도 저도 먹고살기 위한 겁니다. 뭐, 그것만 있으면 충분히 먹고살 수 있으니까요. 그런데 동생이 먹을 우물물에 독을 풀면서 이제 와서 왜 척을 지느냐고요?"

신동하의 말에 신동성은 아무런 말도 못 했다.

"대동의 계열사라고요? 대동이랑 전쟁하느냐고요?"

싱글거리면서 웃는 신동하.

이미 답은 나와 있다.

이제 저들에게 굽실거릴 이유가 없었다.

"애초에 제가 대동의 핏줄이었습니까?"

"······."

"제가 여기까지 오는 동안 두 형님이 단 한 번이라도 도와주신 적이 있나요? 제가 배를 곯을 때, 단 한 번 밥이라도 사주신 적 있습니까?"

"크윽······."

맞는 말이다.

핏줄이 다르다고, 천하다고 생각해서 남보다도 못하게 대한 것이 바로 신동하다.

지금 상황에 어쩌다 보니 그가 중요하게 되었을 뿐, 실제로 신동하에게 단돈 1엔도 준 적이 없는 게 바로 신동우와 신동성이었다.

"네, 전쟁 맞습니다. 전 이걸 터트릴 겁니다. 계열사조차도 거래를 거부할 정도로 방사능 범벅인 물건을 국민들이 어떻게 받아들일지 참 궁금하네요."

"너…… 이 새끼……."

이제는 상황이 바뀌었다.

이제는 도리어 신동성이 신동하에게 거래의 유지를 요청해야 한다.

"그러고도 멀쩡하게 지낼 수 있을 것 같아? 신동우가 널 가만둘 것 같아?"

"물론 신동우가 절 죽이려고 하겠지요. 하지만 언제든 밀어 버릴 수 있는 저보다는 대동식품이 날아가서 힘이 빠진 형님을 노리지 않겠어요? 그리고……."

신동하는 씩 웃었다.

"형님도 바보는 아니잖아요? 일이 이쯤 되면 제 뒤에 누가 있는지 모르지는 않으실 테고."

"……."

"대룡이 있지요. 그리고 미다스와 마이스터가 있고요. 해보시겠습니까? 아, 물론 전 일본에서 망하겠지요. 그럴 겁니다. 그건 장담해요. 하지만 '일본에서만' 망할 겁니다."

코웃음을 치는 신동하. 그동안 쌓여 있던 감정 그리고 꾹꾹 눌렀던 분노가 치밀어 올랐다.

"형님, 두 평도 안 되는 다다미방에서 한겨울을 이불 하나로 나 본 적 있습니까? 편의점 도시락 두 개를 다섯 명이서 나눠 먹어 본 적 있어요? 한겨울에 배고픔을 잊기 위해 화장실의 수돗물로 배를 채워 본 적은?"

그 말에 신동성의 표정이 묘하게 변했다.

"그래, 없겠지."

신동하는 그런 신동성을 조소를 띠며 쳐다보았다.

"네놈이 나한테 저지른 일이니까."

그나마 신동우는 신동하를 내치기는 했어도 최소한 먹고사는 것까지 방해하지는 않았다.

하지만 신동성은 아니었다.

가면을 위해서였는지는 몰라도 집요하게 신동하를 괴롭혔다. 취업도 못 할 정도로.

그 와중에 노형진이 나타난 거고 말이다.

만일 그때 노형진이 도와주지 않았다면 아마도 신동하는 얼마 지나지 않아서 또 회사에서 잘렸을 것이다.

취업한 걸 알아낸 신동성이 방해했을 테니까.

"네놈은 재미있었겠지, 남의 인생을 방해하는 게. 하지만 당하는 내 입장에서는 하나도 재미없었어."

"그래서 폭탄이라도 던지겠다 이거냐?"

"그건 너한테 달렸지."

신동하는 이죽거렸다.

"내가 너한테 폭탄을 던지고, 대동중공업의 지분을 가지고 공식적으로 신동우에 대한 지지를 천명하면 일이 재미있을 것 같지 않아?"

"넌 이미 신동우와 척졌어!"

분명 신동하는 신동우에게 제대로 엿을 먹였다.

그로 인해 길길이 날뛴 것은 사실이다.

"알아. 그래서 뭐?"

"뭐라고?"

"네가 지금 나한테 그런 것처럼 결국 신동우도 그럴 거잖아? 우리 삼형제가 그럴 걸 서로 모르고 싸우는 건 아니지 않았어?"

아군? 애초에 그런 건 없었다.

서로 이용하고 이용해 먹는 관계였을 뿐이다.

"엄밀하게 말하면 신동우는 내가 배신해서 화가 난 게 아니야. 고작 나한테 당했다는 게 화가 나는 거지."

신동성도 아닌 신동하에 의해 치명적인 일격을 당한 신동우. 그가 오랜 시간 공들인 태국의 공사를 빼앗겨 신동성과의 싸움에서 승기를 잡을 수 있는 기회가 사라진 게 화난 거다.

"난 그걸 메꿀 수 있지. 가령 날 터치하지 않는다는 조건으로 말이야."

자신을 건드리지 않는다는 조건하에 신동하가 신동우에

대한 지지를 표명하면 어떻게 될까?

지주회사인 대동중공업의 지분도 지분이지만 외부에 있는 대룡도 위험한 적이다.

하지만 그 무엇보다 위험한 적은 다름 아닌 마이스터다.

미국에서 벌어진 초유의 사건. 그 사건을 설계한 것으로 알려진 마이스터와 미다스는 그로 인해 어마어마한 돈을 벌었고, 이제는 미다스 단독으로 대동의 시가총액에 준하는 재산을 가지고 있다는 소문까지 돌고 있다.

"나만 건드리지 않는다면 난 중재해 줄 의사가 있거든. 내가 생각보다 욕심이 없는 사람이라서 말이지."

"이…… 개 같은……."

"아, 난 개인적으로 조건을 붙일 생각이야. 내가 해 본 고생을 형님도 해 봐야 하지 않겠어? 한국에 그런 말이 있대, 형. 고생이 사람을 만든다는."

이죽거리면서 말하는 신동하.

하지만 그의 눈은 누구보다 차가웠다.

"형님이 사람이 된다는데 동생이 눈물을 머금고 내질러야지 어쩌겠어?"

"크읔…… 뭘 바라는 거냐?"

"간단해. 약속을 지켜. '멀쩡한' 시즈미유통. 그게 약속이었잖아?"

"그것뿐?"

"물론 아니지. 손해배상이라는 말도 몰라? 먼저 잘못을 했으면 그에 따른 책임을 져야지."

"주식은 안 된다!"

신동성은 이제야 신동하가 얼마나 위험한 인간인지 알았다.

방심하는 마음에 주식을 줬다가 나중에 그게 어떤 식으로 돌아올지 알 수가 없는 놈이었다.

'차라리 돈을 주는 게 나아.'

신동성은 이를 빠드득 갈면서 말했다.

"내가 원하는 건 대동식품의 주식인데?"

"웃기는 소리 하지 마. 네놈이 어떤 놈인지 누구보다 잘 알아. 그런데 내가 미쳤다고 내 사업체의 주식을 주겠나? 그걸 가지고 신동우에게 붙어 버리면? 내 처지는 완전히 거지가 되는 건데?"

"뭐, 그걸 알면서 왜 나한테 깝죽거리는 거야?"

"크윽."

신동성은 이를 뿌드득 갈았다.

자신도 모르는 사이에 신동하는 호랑이가 되어 있었다.

"돈으로 주마. 네가 노후를 걱정하지 않아도 될 만큼의 돈을."

"내가 거지로 보여?"

"너 스스로 말하지 않았던가, 우리 형제는 서로 믿음으로

이것이 법이다

맺어진 사이는 아니라고? 이 세상에 믿음보다 강한 게 있다면 그건 돈이다."

그 말에 신동하는 피식 웃으며 고개를 끄덕거렸다.

"그렇게 하지."

"얼마나 주면 되는 거야?"

"글쎄. 갑자기 들은 이야기라 생각해 보지 않았는데. 내가 천천히 생각 좀 해 볼게. 아, 그리고 계좌는 내가 지정해. 무슨 의미인지 알지?"

"너도 멍청한 짓은 하지 않기를 빈다."

"글쎄. 때로는 멍청한 짓이 돈이 제법 짭짤하게 되더라고."

그 말에 짜증 난다는 듯 바깥으로 나가 버리는 신동성.

뒤에 남은 신동하는 갑자기 길게 한숨을 내쉬면서 의자에 주저앉았다.

"와, 미친. 큰일 날 **뻔했네**."

그때 바로 옆에 있던 작은 화장실 문이 열리더니 그 안에서 노형진이 나왔다.

"신동성이 여기까지 달려오다니, 이건 진짜 의외네요. 그만큼 다급했던 모양인데요."

"그러게요. 화장실에 들어가지는 않아서 다행입니다."

노형진은 마침 신동하와 이야기하던 중이었다.

그런데 들이닥친 신동성 때문에 노형진은 어쩔 수 없이 화장실로 대피해야 했다.

만일 신동성이 화장실을 잠깐 쓰자고 했다면 노형진이 걸렸을 것이다.

물론 그가 뒤에 있다는 것쯤은 지금은 알고 있겠지만, 그래도 정면으로 마주치는 것은 여전히 좀 부담스러울 수밖에 없었다.

"그나마 어느 정도 이야기가 끝났을 때 들어왔으니 망정이지."

그러지 않았다면 허둥댈 뻔했다.

대략적인 대응책은 나왔지만 금액에 관해서는 전혀 이야기되지 않은 상황에서 갑자기 들이닥친 신동성 때문에 두 사람 다 깜짝 놀랄 수밖에 없었다.

"그나저나 진짜로 주식은 주지 않으려고 하네요."

"이미 한번 당했으니까요. 그러니 주식을 주지 않으려고 하는 건 본능 같은 겁니다. 두 번 당하기 싫을 테니까요. 더군다나 돈이라는 건 아무래도 한계가 있거든요."

이런 상황에서 더 중요한 건 주식이다.

신동하가 주식을 가지고 신동우에게 붙으면 신동성은 피해가 크다.

하지만 돈은, 신동우에게 붙는다고 해도 크게 피해를 주지 않는다.

"사실 주식으로 준다고 해도 우리에게는 그다지 큰 도움이

안 됩니다. 막 몇백억 원어치 주식을 주지는 않을 테니까
요."

쥐 봐야 몇십억 정도일 게 뻔하다.

그리고 그 주식의 양은 많다면 많다고 할 수 있겠지만 이
싸움에서 중요한 수준은 되지 못할 것이다.

"더군다나 우리가 헐값에 시즈미유통을 인수하면서 건넨
돈이 있으니까."

그 돈을 조금 돌려주는 셈치고 토해 내면 된다고 생각할
게 뻔하다.

"아마 잘해 봐야 50억에서 70억 정도의 돈이 올 겁니다."

노형진은 그 정도를 한계치라고 생각하고 있다.

아무리 어느 정도 여유 자금이 있다고 하지만 그 이상의
돈을 주게 되면 전쟁에 쓸 실탄이 부족해지는 셈이니까.

곰곰이 생각에 잠겨 있던 신동하가 궁금한 표정으로 노형
진에게 물었다.

"그런데 진짜 그 돈으로 대동에 치명적인 타격을 입힐 수
있습니까?"

"있습니다."

"뭔지 모르겠지만……."

신동하는 주먹을 쥐었다가 폈다.

노형진은 이번에는 대동에 타격을 입힐 수 있다고 했다.

신동성이나 신동우가 아닌, 대동이라는 브랜드 자체에 치

명적인 타격을 입할 방법을 준비해 왔다고 했다.

물론 그걸 위해서는 그 자금이 대동에서 나와야 하는 형태가 되어야 하기 때문에 곤란한 작전이긴 했지만, 때마침 신동성이 신동우의 뒤통수를 치려다가 실패한 덕분에 그 방법이 생각났다.

"그리고 그럴수록 신동하 씨의 입지는 더더욱 커질 겁니다."

노형진은 빙긋 웃으며 말했다.

"아마 가만히 있어도 재미있는 모습을 보게 될 겁니다, 후후후."

비국민.

그건 다름 아닌 일본에서 극우 세력에 동조하지 않는 사람들에게 붙는 말이다.

한국으로 치면 빨갱이 같은 말이다.

다만 그 문제가 뭐냐면, 비국민이라고 하면 집중적 왕따의 대상이 된다는 것이다.

"그래서 사람들은 그걸 무서워합니다."

그렇다 보니 대부분의 국민들이 세뇌당해서 극우에 대한 지지를 절대적 기치로 삼고 있다.

'우민화 정책이 제대로 성공한, 몇 안 되는 나라 중 하나가 바로 일본이니까.'

물론 제대로 된 법이 작동하고 있으면 이 정도까지는 안 된다.

하지만 한국도 그렇고 일본도 그렇고, 특정 이념을 가진 자들에게는 유독 법이 약해지는 게 사실이다.

한국만 해도 극우 세력이 빨갱이라고 모욕하고 사람을 구타하는 건 경찰이 뒷짐만 지고 구경하지만, 그 반대의 경우는 무서울 정도로 빠르게 출동해서 체포하거나 한다.

당장 속칭 '가스통 할배'라고 하는 놈들이 도로에 나타나면 그건 엄밀하게 말하면 테러 행위로 봐야 한다.

더군다나 그들은 군복을 입고 거기에 가짜 약장까지 주렁주렁 달고 다니는데도 경찰은 애써 모른 척한다.

당연히 그건 불법이다.

현행법상 군복과 비슷한 옷을 입는 건 불법이니까.

물론 밀리터리 룩이라고 해서 군복과 비슷한 디자인의 옷이 없는 건 아니다.

하지만 그건 어디까지나 디자인의 영역이고, 누가 봐도 그걸 군복이라고 생각하기 힘들다.

그런데 '가스통 할배'들은 대놓고 군복을 입고 다닌다.

그와 마찬가지로 일본도 극우 세력에 대해 지원이 어마어마해서, 극우 세력이 현장에서 사람을 구타하거나 보복해도 일본 경찰은 손대지 않는다.

반면에 극우 정치인이 길거리에서 연설하는데 반대 의견

을 냈다는 이유로 채 10초도 되지 않아서 경찰에 강제 연행 되기도 한다.

"그러니 우리는 극우를 키울 겁니다."

노형진의 말에 유민택은 우려 섞인 표정이 되었다.

"아니, 왜? 어느 정도는 통제하고 있지 않나?"

현재 일본의 극우는 두 가지 세력이 싸우고 있다.

노형진이 종교적인 힘을 키워 줌으로써 이제는 종교적 발 언으로 적극 나서고 있는 천황가를 모시는 극우와, 반대로 진짜 극우 정치인들을 추앙하며 그들과 함께 침략을 부정하 고 다시 한번 국수주의적 입장에서 한국과 중국과의 관계를 도모하고자 하는 놈들이다.

"그런데 현실적으로 말하면 전자는 힘이 좀 약하지요."

애초에 일왕가는 허수아비에 지나지 않는 데다가 그 영역 이 종교적인 부분에 국한되는지라 사회적인 극우의 입맛에 맞지 않는다.

더군다나 대부분의 극우라는 존재는 해외 침략을 기본으 로 구성되어 있다.

그런데 일왕가는 현재까지는 침략 전쟁을 인정하고 사죄 해야 한다는 입장이다.

"그래서 천황가를 지지하는 극우 세력도 정신적 기둥으로 서의 천황 지지일 뿐, 전쟁 찬미와 침략 전쟁 가능이라는 두 가지 목적에 관해서는 천황에게 불만을 가지고 있지요."

그래서 여전히 일왕가의 힘은 다른 정치인에 비해 많이 부족하다.

"저는 그래서 이 부분을 뒤집어 볼까 생각 중입니다."

"어떤 식으로 말인가?"

"젊은 사람들에게 극우가 얼마나 피해를 주는지 보여 줄 생각입니다."

"극우가 주는 피해?"

"원래 정치라는 게 그렇습니다. 불리한 건 절대 이야기하지 않죠."

가령 정부에서 어떤 문화를 융성하게 한다고 치자.

그러면 정치권과 정부에서는 온갖 좋은 말을 다 한다.

하지만 그 이면에서 벌어지는 나쁜 일들은 절대 이야기하지 않는다.

"예를 들어 어떤 지역에 종합 쇼핑몰 상권이 생긴다고 하죠. 요즘 유행하죠?"

종합 쇼핑몰이란 과거의 백화점과는 다르다.

백화점이 상가들이 옹기종기 모여 있는 형태라면, 종합 쇼핑몰은 그 상가들이 입점하는 형태로 들어온다.

당연히 차지하는 공간도 더 많아서, 더 많은 상품을 보고 고를 수 있다.

더군다나 그 안에 전문적인 식당들도 많기 때문에 먹을 것도 많다.

당연히 그 안에는 놀 거리도 비치한다.

즉, 놀고 먹고 쇼핑까지 하는 게 종합 쇼핑몰이다.

"그걸 유치하자고 온갖 쇼를 하는데, 정작 그로 인한 피해는 이야기하지 않지요."

일단 쇼핑몰이 생기면 땅값이 오르고 지역이 발전한다고 정치인들이 많이 홍보한다.

그런데 그들은 종합 쇼핑몰이 생기면 어마어마한 교통 체증과 지역 상권의 몰락이 발생하고 그로 인한 주변 상권의 폐쇄 가능성이 있다고는 절대 이야기하지 않는다.

실제로 과거에 천안에 지하철이 처음으로 생겼을 때, 그쪽 지역의 정치인들은 이게 생기면 주변에서 사람들이 들어와서 천안의 상권이 확 살아난다고 온갖 홍보를 했다.

당시 주변에 대형 도심 상권이 거의 없었기 때문에 천안이 그나마 그 역할을 하고 있었다.

하지만 현실은? 정반대였다.

그들은 주변에서 천안으로 사람들이 올 거라 생각했지만, 반대로 천안 사람들이 수원이나 멀면 서울까지 초대형 도심 상권을 찾아가 버렸다.

그들은 들어올 것만 생각했지 나갈 건 생각하지 못한 것이다.

"일본도 마찬가지입니다."

극우 세력은 마치 나라가 전쟁 가능 국가가 되면 당장이라도 전쟁을 일으켜서 한국과 일본을 치고 과거의 2차대전 때처럼 대동아공영으로 동남아까지 먹어서 일본이 세계적 강국이 될 것처럼 생각하고 있다.

하지만 현실적으로 그건 불가능하다.

일단 현재 일본은 중국은커녕 한국을 이길 방법조차 없다.

해군이 한국보다 발전되어 있는 것은 사실이나, 그 차이가 많이 줄어든 것 역시 사실이다.

더군다나 전범국으로서 미사일의 거리가 한계로 묶여 있는 일본과 다르게 한국은 미사일이 일본 전역을 공습할 수 있다는 걸 절대 이야기하지 않는다.

결정적으로 현재 일본이 아무리 노력한다고 해도 한국의 육군에는 접근도 못한다는 것을 인정하지 않는다.

그나마 숫자가 부족한 자위대가 상륙하기 위해서는 선박을 이용해야 하는데, 한국의 국방부의 별명이 포방부다.

올라오는 적을 위해 피로 레드 카펫을 깔아 줄 것은 당연한 일이다.

따라서 그걸 막기 위해서는 일본 함대가 접근해야 하는데, 한국에는 사거리 연장탄이 있다.

비싼 미사일에 비해서는 훨씬 가격이 싸고 또 양도 충분하다.

현실적으로 모든 포대를 동원해서 사거리 연장탄으로 일본의 함대를 접근하지 못하게 하고 한국군에서 가지고 있는 박격포만 쓴다고 해도 일본군은 절대 상륙하지 못한다.

그렇다고 해서 일본 해군이 무차별적으로 미사일을 쏠 수도 없다.

일단 미사일의 사거리가 짧은 데다가, 워낙 가격이 비싸기 때문에 가성비가 맞지 않는다.

"하지만 그걸 말하는 놈들은 거의 없습니다. 그들의 주장만 들으면 당장이라도 한국을 집어삼키고 지배할 수 있을 것 같지요."

"하긴, 현대 일본의 능력으로 한국의 군사력을 제압하는 것은 거의 불가능하지."

사자와 상어의 싸움이라고 표현하지만 조금 다르다.

땅에 사는 사자라고 해도, 물에 들어가도 여전히 저항할 수 있는 이빨과 발톱이 있다.

한국 해군이 바보도 아니고, 저항할 수 있는 수단은 있다.

물속에 있는 상어라고 해서 사자의 이빨에 물리지 않고 발톱에 찢기지 않는 건 아니다.

"하지만 상어는 물 위로 올라오면 사자는커녕 개 새끼 한 마리도 못 이기죠."

하물며 한국도 그 지경인데 중국? 러시아?

애초에 게임을 해 보지도 못하고 핵에 날아갈 게 뻔하다.

"결국 그들의 목적은 진짜 전쟁을 하자는 게 아니라 그걸 통해 권력을 유지하는 겁니다."

"그거랑 신동성이 무슨 관계가 있는지 모르겠군."

"신동성의 다음 카드는 그들이 될 게 뻔하거든요."

"뭐라고?"

그 말에 유민택의 눈이 커졌다.

그건 생각해 보지 못한 문제이니까.

"당연한 거 아닙니까? 아시지 않습니까? 지금 신동성을 지지하는 세력 중에서 상당수는 다름 아닌 극우 세력입니다."

"으음…… 그건 그렇지."

신동성은 특히 극우 정치인들과 손을 잡고 일을 받아 오는 등 일본 극우 세력과 아주 긴밀한 관계를 가지고 있었다.

"전에도 말했지만 방사능 문제는 극우 세력이 아주 싫어하는 주제입니다."

"그래서 극우 세력을 통해 신동하를 공격하려고 한다?"

"그럴 수밖에 없지요. 신동성도 시즈미유통이 그 전략을 쓰면 결국 한국과 중국의 물건을 쓰게 될 거라는 걸 알고 있으니까요."

일반 국민들이야 OEM이라는 눈 가리고 아웅에 속아 넘어갈지 모르지만 신동성은 사업가다.

당연히 그 정도의 얄팍한 속임수에 넘어가지 않을 것이다.

"그러니 다른 방법을 쓰겠지요. 시즈미가 망해서 유통 라인을 바꿨다고 하는 것은 우리가 방사능 때문에 대동식품과 손절 했다는 것과 같은 의미거든요."

"그러니까 둘 중 누가 먼저 자네 표현대로 명예로운 죽음의 대상이 되느냐의 문제군."

만일 시즈미가 극우 세력의 공격에 먼저 무너지면 노형진이 지는 거고, 반대로 버티면 신동성이 지는 거다.

"맞습니다."

"그래서 그 극우 세력의 주장대로 했을 때 벌어질 일에 대해 사람들을 계몽하자 이거군?"

"아닌데요."

"뭐, 아니라고?"

"전에 말씀드렸잖습니까? 인간은 자신에게 피해가 오기 전에는 그걸 인식하지 못합니다. 극우 세력이 권력을 잡으면 나라가 위험하다고 한들 사람들이 알까요? 아니, 그걸 홍보한다고 해서 사실 대동에 무슨 피해가 가는 건 아니지 않습니까?"

"끄응…… 그건 그렇지."

"누차 말씀드리지만 목적과 과정은 전혀 다릅니다. 우리의 목적은 대동에 치명적 타격을 입히는 거지 사실 시즈미 따위는 어떻게 되든 상관없습니다."

"그러면 그 치명적 타격은 어떤 건가?"

"음……."

노형진은 싱긋 웃었다.

"반역……이랄까요?"

"반……역?"

"그렇습니다, 후후후."

⚖

얼마 후 신동성은 신동하가 지정한 계좌로 돈을 보냈다.

물론 익명이었고 노형진은 그 계좌를 몇 번 돌려서 극우 세력의 계좌로 들어가게 했다.

만일 누군가가 자금의 흐름을 추적한다면 당연히 대동이 나올 수밖에 없는 구조였다.

애초에 신동하는 거기에 들어가 있지도 않았으니까 문제가 되지 않겠지만, 그 돈을 직접 준 대동은 어마어마한 파란에 휩싸일 것이다.

"어떤가요? 돈은 충분히 들어왔습니까?"

"충분합니다. 그러면 바로 작업을 시작할까요?"

"바로 시작하세요. 일본에서 이제 반역의 바람이 불 때입니다."

⚖

일본의 극우가 지지하는 사람은 당연히 현 총리다.

그의 할아버지가 전범 출신이며 아버지 역시 극우 세력의 장관 출신이고 그 스스로도 극단적 극우이니까.

그는 지금까지 극우 세력을 이끌고 권력을 유지해 왔고, 그 때문에 그 누구도 그에게 저항하지 못했다.

심지어 그가 대놓고 범죄를 저질렀어도 그 누구도 그를 기소조차 하지 못했다.

물론 기소를 시도한 검사가 없는 것은 아니나 그가 자살하고 난 이후에는 누구도 저항을 생각하지 못했다.

그래서 그는 안심했다.

이제 정치 세력이라고 할 만한 것은 자신을 지지하는 세력밖에 없기 때문이다.

실제로 이제 그는 사실상 종신 총리로서 일본을 지배할 생각만 하고 있었다.

얼마 전까지는 말이다.

"이놈들 뭐야?"

극단적인 극우 세력이 지지받는 일본.

그렇다 해도 이렇게까지 극단적 세력이 발생할 줄은 몰랐다.

—야베 덴노 반자이!

—현 덴노를 폐위하고 야베를 새로운 덴노로!

—대니뽄 제국의 유일한 덴노는 야베 덴노뿐.

갑자기 튀어나온 이 미친놈들은 인터넷에서 저딴 헛소리

를 해 대면서 분위기를 흐리기 시작했다.

"이놈들에 대해 찾았어?"

"그게, 대부분 중국에서 오는 신호입니다. 일부 동조하는 세력이 있기는 합니다만."

"뭐? 중국? 중국이 왜?"

"그건 저도 모르겠습니다."

"젠장, 중국에서 나를 엿 먹이려고 작정한 건가?"

일왕가에 실권이 없다는 것과 일왕가를 뒤집는 것은 전혀 다른 문제다.

그러기 위해서는 헌법을 고쳐야 하기 때문이다.

문제는 실제로 야베가 확고한 개헌파라는 거다.

"사람들의 반응은 어때?"

"일단은 개소리라는 반응이기는 합니다만……."

"'일단은'이겠지."

야베가 현 천황을 대놓고 무시하는 것은 누구나 알고 있는 상황이다.

심지어 현 천황이 '덴노 헤이카 반자이'를 하지 말라고 명령했음에도 불구하고 공식 석상에서 무시하고 그 말을 외쳤다.

좋게 말하면 충성이라 보일지 모르지만 누구도 그걸 충성이라고 생각하지 않는다.

그저 천황을 극우의 도구로써 이용했다고 생각할 뿐이다.

"그런데 이런 와중에 이런 소문이 퍼지면……."

그러면 사람들이 보기에는 야베가 덴노를 몰아내고 새로운 덴노가 되기 위해 헌법을 개정하려고 하는 것처럼 보일 수밖에 없다.

"무슨 말도 안 되는 개소리를 하는 건지……."

"그러니까요. 그깟 덴노, 시켜 줘도 안 하는데."

일본의 덴노는 말 그대로 허수아비다.

종교적 부분에 관해서 세력을 키우기는 했지만 여전히 힘도, 돈도 없는 처지다.

물론 진짜 반역을 일으켜서 덴노가 된다면 그 헌법도 고치겠지만, 아무리 야베라고 해도 그런 짓까지는 안 한다.

말 그대로 인터넷에서 도는 헛소문이다.

한국으로 치면 대통령이 빨갱이라는 말만큼이나, 누구도 믿지도 않고 누구도 신경 쓰지 않는 헛소리라는 뜻이다.

아니, 그렇게 되어야 한다.

"그런데 왜 이 글이 이렇게 늘어나는 건데?"

야베는 그게 짜증 났다.

처음에는 그냥 관심 종자가 미친 짓을 한다고 생각했다.

그런데 점점 그 숫자가 늘어나기 시작했다.

물론 조사에 따르면 절대적으로 대다수의 계정이 중국발이기는 하지만, 차츰 상당수의 계정이 일본 내부에서도 발생하고 있었다.

"어떻게 할까요?"

"멍청한 인간들이 헛소리하는 것에 대해서까지 뭐라고 할 수는 없지."

야베는 코웃음을 쳤다.

귀찮고 짜증 나기는 하지만 사실 신경 쓸 만한 일은 아니었다.

이런 미친놈은 어디에나 있기 마련이고 그는 그런 놈들에게 놀아날 생각이 없으니까.

"그냥 무시해. 시간이 지나면 저런 헛소리하는 놈들은 사라지기 마련이야."

야베는 그렇게 생각했다.

하지만 상황은 그렇게 쉽게 흘러가지 않았다.

⚖

"야베 총리."

"네, 덴노."

자신을 부른 덴노의 말에 대답하며 야베는 살짝 짜증이 일었다.

그렇잖아도 바빠 죽겠는 자신을 오라 가라 하는 그가 짜증이 났기 때문이다.

하지만 덴노는 일본을 지배하는 공식적인 왕이니 야베는

총리로서 충성을 해야 한다.

"야베 총리, 요즘 이상한 소문이 돌더군요."

덴노의 옆에 있던, 차기 덴노이자 황태자 요히토가 진지하고 근엄한 목소리로 말했다.

"무슨 말씀이신지……?"

"야베 총리가 우리 천황가를 폐하고 새로운 덴노로 즉위하기 위해 헌법을 개정하려고 한다는 이야기가 나오고 있는 것으로 알고 있습니다."

"네? 아닙니다!"

그 말에 야베는 바닥에 바짝 엎드렸다.

그건 말도 안 된다. 자신이 미쳤다고 그런단 말인가?

그럴 욕심이 없는 게 아니라 그럴 필요 자체가 없다.

"그런데 왜 그런 글이 인터넷에 돌지요?"

'도대체 어떤 새끼가…….'

야베는 어떻게 해서든 천황가를 통제하려고 노력해 왔다.

그리고 그 대상 중에는 당연히 인터넷도 있었다.

물론 완벽하게 막지는 못하지만, 그래도 나름 잘 막았다고 생각했다.

그런데 인터넷에 도는 말도 안 되는 헛소문을 덴노가 들은 게 분명했다.

"야베는 그동안 계속 헌법 개정을 주장해 왔지요? 안 그런가요?"

계속 이어지는 요히토의 차가운 목소리.

진짜로 자신들을 폐하고 실제로 스스로 덴노가 되겠느냐는 질문이었다.

"절대 아닙니다, 황태자 전하."

야베는 바닥에 바짝 엎드릴 수밖에 없었다.

고작 인터넷 헛소문 때문에 자신이 이렇게 몰려야 한다니, 그저 어이가 없을 뿐이었다.

"야베 총리, 그러면 야베 총리는 우리에게 충성한다는 말씀이신가요?"

"그렇습니다, 황태자 전하."

야베는 이를 박박 갈면서 대답했다.

'나가기만 하면 모든 글을 깡그리 지워 버리든가 해야지.'

자신이 하고자 하면 그건 어려운 일이 아니다.

그래서 그는 쉽게 생각했다, 누군지 모르지만 글을 지워 버리면 되는 간단한 문제라고.

하지만 그다음 순간에, 생각지도 못한 문제가 터져 나왔다.

"그렇다면 야베 총리는 우리를 도와서 우리 덴노가와 일본국을 보호하겠군요?"

"당연한 일입니다. 저 야베, 천황가에 대한 충심으로 여기까지 왔습니다, 전하."

물론 그건 그냥 입발림이었다.

그런데 요히토의 말은 아무래도 그걸 넘어섰다.

"그렇다면 이번 반역에 대한 조사를 명합니다."

"네?"

야베는 얼빠진 표정으로 되물을 수밖에 없었다.

반역.

물론 반역에 준하는 행동이기는 하다.

하지만 진짜 반역도 아니고 인터넷상의 헛소문일 뿐이다.

"전하, 이건 인터넷상의 헛소문일 뿐입니다."

"내가 그래서 조사하라고 하는 거 아닌가요?"

"하지만 이 글의 발신지는 대부분 중국입니다."

"그걸 증명할 방법이 있으면 증거를 가지고 오세요."

요히토의 말에 야베는 말문이 턱 막혔다.

"그건……."

"야베 총리, 현 덴노를 폐하고 새로운 덴노를 세우자는 건 누가 봐도 명백한 반역입니다. 수천 년 우리 일본국의 역사를 부정하는 일이지요. 안 그런가요?"

요히토의 차가운 목소리.

그제야 야베는 자신이 제대로 엮였다는 것을 알아차렸다.

"그, 그렇습니다, 전하."

여기서 부정할 수는 없다.

그랬다가는 자신의 모든 게 사라질 수도 있다.

아무리 그가 독재자로서 성공적 삶을 살고 있다지만, 명목상의 왕이 실존하는 이상 어쩔 수 없이 그의 말에 따라야 한다.

천황가의 족쇄는 일본 내부의 정치에 관여하지 말라는 거지 본인들에 대한 위협에도 방어조차 하지 말라는 게 아니다.

"간악무도한 자들이 우리 천황가를 부정하니, 당연히 조사해서 처벌해야 하지 않겠습니까?"

"하지만 황태자 전하, 그럴 필요까지야……."

귀찮은 일이다.

그리고 그 미친놈들도 결국은 자신의 지지 세력이라는 걸 알기에 야베는 지금까지 따로 조사 및 처벌을 명령하지 않았다.

"아니면 그 조사를 해서는 안 되는 이유가 있는 겁니까?"

"그건……."

반역에 관한 조사는 내정이나 외교의 문제가 아니다.

아무리 천황가가 명목상의 왕이라고 할지라도 해도 결국 가질 수밖에 없는 권한이다.

"저들은 야베의 충심을 부정하고 있습니다. 이럴 때 야베가 나서서 스스로 우리에 대한 충성을 증명하게 반역자를 잡아야 하지 않겠습니까?"

"……."

"아니면 정말로 그들에 대해 조사하지 못하는 다른 이유가 있습니까?"

"아닙니다, 전하."

야베는 입술을 깨물었다.

여기서 못 한다고 하면 대놓고 자신이 현 천황을 밀어내고 스스로 천황이 되겠다는 걸 인정하는 꼴이 된다.

물론 그런다고 해서 총리 자리에서 바로 쫓겨나지는 않겠지만, 그런 의심 자체가 자신의 독재를 유지하기에는 여러모로 곤란하다.

'물론 제대로 헌법을 고쳐서 천황이 되어 보고 싶긴 한데……'

하지만 그리될 거라는 확신도 없이 천황이 될 생각은 없었다.

"명대로 행하겠습니다, 황태자 전하."

야베는 고개를 숙이면서 인사를 건넸다. 그리고 속으로 이를 박박 갈았다.

⚖️

"이게 먹힐 줄은 몰랐네요."

애초에 천황가에 이번 사건을 알린 것은 다름 아닌 신동하였다.

천황가 입장에서는 그런 이야기가 나오면 불편할 수밖에

없다.

야베에게 반역의 목표 의식이 없다는 건 안다. 하지만 수년간 야베는 철저하게 천황가를 무시했다.

"여기서 야베가 조사를 거부하면 그건 답이 확정되어 버리니까요. 야베 입장에서는 안 할 수가 없지요."

전이라면 온갖 핑계를 다 대면서 무마했을 것이다.

사실 이런 일에 천황가나 야베가 나선다는 것도 웃긴 일이다.

한국만 해도 마음에 안 들면 정치인에게 빨갱이에서부터 쪽발이까지 온갖 욕이 다 붙지만 그걸 다 조사하지는 않는다.

"하지만 숫자가 많아지면 이야기가 달라지는 법입니다."

그래서 노형진은 중국에서 작업한 것이다.

"그러면 사람들은 실제로 야베의 지지 세력이 덴노를 폐하고 진짜로 야베를 덴노로 만들려고 하는 거 아닌가 하는 의심을 하게 됩니다."

일반인들은 댓글을 단 사람의 아이피를 알지 못한다.

일부 아이피를 표시하는 사이트가 있기는 하지만 그것까지 확인해 가면서 글을 읽는 사람은 많지 않다.

그렇다 보니 사람들의 입장에서는 갑자기 확 늘어난 국가 반역 요구에 대해 당혹감을 감추지 못할 것이다.

"그리고 그 돈은 대동에서 지불한 거죠."

이것이 법이다

노형진은 싱글벙글 웃으며 말했다.

아마 신동성은 그 사실을 알면 미치고 팔짝 뛸 것 같은 기분이 될 것이다.

야베가 조사하면 중국 계좌가 나올 테고, 그걸 더 파고들어 보면 실제로 돈을 지급한 것은 대동이며 그 돈을 나눠 받은 중국 기업들로 의심되는 곳에서 야베 덴노라는 황당한 헛소리를 작업한 걸 알게 될 것이다.

"그런데 이 모든 걸 어떻게 아신 겁니까?"

"애초에 중국에서 주변국에 대한 여론전 부대를 운영한 것은 제법 오래되었습니다."

"네에?"

그 말에 신동하는 깜짝 놀랐다. 그건 몰랐으니까.

"그게 사실입니까?"

"사실입니다. 정확하게는 한국을 목표로 여론전 부대를 많이 운영하기는 합니다만."

러시아는 독재국가이기 때문에 여론이라는 게 없다.

그리고 그 짓을 하다가 걸리면 일단 핵을 실은 항공기를 보내고 볼 놈이 바로 러시아 대통령이기 때문에 쉽게 하지 못한다.

일본 역시 작업의 대상이기는 하지만 일본은 워낙 극우가 강성이라서 작업해도 효과가 없다.

"그래서 중국은 한국과 미국을 대상으로 수년간 여론전 부대를 따로 운영하고 있습니다."

물론 속이 뻔히 보이는, 중국을 찬양하는 여론전 작업이 아니다. 대신에 내부에 혼란을 일으킬 수 있는 이야기를 주로 퍼트린다.

"가령 한국이라고 하면 이런 거죠. 누구누구는 빨갱이다, 누구누구는 쪽발이다, 누구누구는 부패했다. 특히 한국에서 많이 자극하는 게 지역감정과 정치적 감정입니다. 한국은 열정적인 국가라서 정치적 감정에 대해 워낙 강성이 많거든요."

사실 한국은 정치적 문제에 있어서 워낙 극단적으로 감정 표현을 많이 하는 게 문제이기는 하다.

심한 경우 자식과 아버지가 지지 정당이 다르다는 이유로 연을 끊어 버리는 일도 있을 정도로 말이다.

"적당한 분란을 계속 유도하면서 나라를 두 개로 나누면 적성국이 얻을 이익은 어마어마합니다. 특히나 그중 한 세력을 지지한다면 더더욱 그렇지요."

그와 함께 여론전을 하면서 죄다 적으로 몰아가면 그 나라의 국민은 절대 융합되지 못한다.

"중국은 그러한 전략에 능숙합니다."

사실 중국은 단일민족 국가가 아니다.

미국처럼 다인종 국가라고 봐야 한다.

그런 중국이었기에 오랜 시간 다른 인종을 통치하고 지배하는 기술을 개발해 왔다.

그 안에는 무력뿐만 아니라 정치, 납치나 고문 그리고 지금처럼 일종의 협작질도 있었다.

"그러면 지금 하는 건?"

"저는 이번 일을 초반만 설계해서 운영했습니다."

노형진은 싱긋 웃으며 말했다.

"쓸데없이 제 돈을 들일 필요는 없지요."

중국 정부에 적당한 이슈를 던져 준 건 노형진이지만 그걸 물고 늘어지면서 계속 문제를 일으키는 건 다름 아닌 중국 정부다.

"허, 중국에서는 그렇게 노 변호사님한테 당하는 걸 알고나 있습니까?"

"글쎄요."

그건 모를 일이다. 알 수도 있고 모를 수도 있다.

"한 가지는 확실하죠. 중국은 그런 걸 그다지 신경 쓰지 않는다는 거요."

어떻게 보면 한국보다 반일 감정이 더 강한 것이 바로 중국이다.

더군다나 노형진은 지난 몇 년간 중국과 일본의 사이를 찢어 버리기 위해 많이 노력했다.

그런 상황에서 중국 정부가 일본에 혼란을 야기할 수 있는 아이템을 물었는데 자신에 대해 신경 쓸까?

그럴 리 없다.

"그건 중요한 게 아니죠. 중요한 건 그들이 이미 움직였다는 거고, 그 시작점에 대동이 있다는 거죠."

그리고 일본의 극우 세력과 대동의 사이는 이제 돌이킬 수 없게 될 것이 뻔했다.

"뭐?"

야베는 보고서를 보고 당혹감을 감추지 못했다.

"그게 무슨 소리야? 아이피 조사 결과 신이치 간사장의 집에서 나온 기록이라니!"

어찌 되었건 반역에 대한 조사를 하라는 명령을 받았으니 조사해야 한다.

물론 야베는 그 건에 대해 대충 조사하고 때우려고 했다.

어차피 이런 글을 대량으로 쓰는 놈들은 제정신이 아닌 놈들일 것이 뻔하니까.

하지만 보고서가 올라왔을 때 그는 정신이 아득해졌다.

"신이치 간사장뿐만이 아닙니다. 주요 일본 임원들, 우리 세력들, 그리고 우리를 지지하는 극우 세력들의 아이피가 주요하게 나오고 있습니다."

"무슨 말도 안 되는 소리야? 그들이 왜 그런 소리를 해?"

"모, 모르겠습니다. 저희도……."

당연히 조사한 사람은 당혹감을 감출 수가 없었다.

다른 사람도 아닌 야베의 가장 가까운 일파가 덴노 폐위를 주장하면서 야베를 새로운 덴노로 옹립하자고 주장했다는 건 심각한 문제다.

"뭔가 잘못된 게 아니야?"

"자, 잘못된 게 아닙니다. 아이피 조사 결과 그곳이 맞습니다."

"아니, 아이피 말고는 증거가 없는 거야?"

"그렇기는 한데……."

사실 아이피라는 건 진짜 프로가 붙으면 조작하는 것은 일도 아니다.

그러니 간단한 사건이라면 모를까, 이런 중요한 사건은 절대 대충 조사하면 안 된다.

'젠장…… 어떻게…….'

문제는 야베가 귀찮다는 생각에 사건을 대충 처리하고 덮으라고 지시했다는 거다.

그 결과, 경찰이 그 건에 대해 아이피를 조회한 다음 그 주소로 바로 공소장을 날려 버렸고 야베의 최측근이 걸려 버렸다.

원래대로라면 정신 나간 극우 놈이나 철없는 애 하나가 엮이는 수준에서 끝나야 하는 사건이었지만, 야베의 허술한 판단으로 인해 꼬여 버리고 만 것이다.

"당장 사건 비공개로 돌리고 철저하게 은닉해."

아이피 변조가 가능하다는 걸 야베는 모른다.

사실 일본의 정치인들은 주먹구구식을 넘어서 거의 막장이었다.

SNS를 쓸 줄 안다는 이유로 정보통신부 장관이 되고, 환경부 장관이 환경문제에 대해 언급하는 것은 섹시하지 않다고 말하는 놈들이 환경부에 들어갈 정도로 개판 중의 개판이다.

당연히 야베는 그 아이피가 조작된 거라고는 생각도 못 했다.

조금이라도 IT 경험이 있는 사람이라면 아이피 변조를 의심했겠지만 야베는 그런 사람이 아니었다.

그는 수많은 범죄를 저질렀고 그게 걸릴 것 같으면 언제나 답은 하나였다.

바로 은닉.

그리고 그건 일본에서 잘 먹혀 왔다.

지금까지는.

⚖

"뭐라고요?"

로버트는 자신의 귀를 의심했다.

─일본에서 내전의 조짐이 보입니다.

"내전이라니 그게 무슨 말씀입니까?"

이른 아침부터 걸려온 노형진의 전화.

그는 노형진, 아니 미다스의 정보력이 뛰어나다는 것은 알고 있었다.

그런데 내전이라는 말은 이루 말할 수 없을 정도로 심각한 문제였다.

-일본에서 얼마 전부터 일왕을 몰아내고 신정부를 세우자는 주장을 하는 자들이 늘었습니다.

"그런 미친놈들이 어디 한두 명입니까? 당장 미국에서도 대통령을 몰아내자고 하는 놈들이 천지입니다."

그건 헛소리, 아니 망상이다.

아무리 총기 자유국인 미국이지만 국가를 뒤집는 건 절대 쉬운 일이 아니다.

도리어 그 때문에 국가를 뒤집는 게 더욱 어렵다.

군대도 어마어마하게 무장한 데다가 대통령의 지지 세력 역시 무장하고 있으니까.

-물론 제가 그런 인터넷 헛소리 때문에 이런 이야기를 하는 건 아닙니다. 제가 문제 삼고자 하는 건, 그들이 세우려고 하는 새로운 덴노가 야베라는 겁니다.

"야베요?"

-그렇습니다.

로버트도 야베가 누군지 안다.

아니, 모를 수가 없다. 현 일본 총리이자 역대 최장수 총리가 아닌가?

점점 독재 구조를 갖춰 가고 있어서 미국 내부에서도 여러가지 말이 많은 인간이기는 하지만 뜬금없이 그가 차기 덴노라니?

"그 말은, 그 세력이 현 일왕을 폐하고 다음 일왕으로 야베를 올린다는 거겠군요."

─그리고 그 안에는 헌법 개정을 통한 전쟁이 기반이 되겠고요.

"그건……."

그 말에 로버트는 심각한 표정이 되었다.

그럴 수밖에 없다. 일본은 세계적 강국이며 또한 어마어마한 투자를 받아들이고 있는 경제 대국이다.

당연히 그런 일본을 지배하는 야베에 대해서는 상당한 분석이 이루어져 있었다.

'전형적인 주전파. 어떻게 해서든 헌법을 고치고 군대를 보유하려고 하지. 몇 번이나 법을 우회해서 해외 파병을 하려고 했고 실제로 몇 번 성공하기도 했어.'

이게 중요한 게 뭐냐면, 방위만을 목적으로 한다면 사실 일본은 자위대만으로도 충분히 유지된다.

말이 자위대지, 현재 일본 자위대는 전 세계적으로 수위권에 들어가는 군대다.

다수의 전력이 해군으로 몰려 있다는 것이 문제이기는 하지만.

'하지만…… 육군은 징병이 가능하기도 하고…….'

군대를 가진다는 것. 그건 침략을 감안하고 있다는 걸 의미하기도 하는 말이다.

'그렇지만 그게 헌법을 무력화하고 내전을 일으킬 정도로 심각한 문제일까?'

잠깐 고민한 로버트의 답은 예스였다.

'과거라면 모르지.'

하지만 후쿠시마 사태 이후에 일본은 극단적으로 사람이 살기 힘든 방사능오염 구역이 되어 가고 있다.

공식적으로 드러나지 않을 뿐 일본의 자본가들과 수뇌부는 다급하게 일본을 떠나고 있다.

특히 지식층이라고 할 수 있는 과학자들의 이탈이 심한 편이다.

사실 아무리 정부에서 거짓말을 한다고 해도 과학자들이 거기에 속을 리 없다.

떠나지 못하는 사람들은 자식이라도 내보내려고 하는 중이고 말이다.

더군다나 일본에 대한 투자는 점점 줄어들고 있는 상황이다.

'이 상황에서 내전이라…….'

가능할까? 가능성이 있을까?

그 모든 게 심각한 문제로 다가왔다.

로버트는 머리가 터지는 것 같았다.

―로버트?

"네? 아, 죄송합니다. 생각이 많아서. 그런데 그 소문은 사실입니까?"

―사실입니다.

너무 미심쩍은 정보라 아무래도 확인이 필요했기에 한 질문에 노형진은 더 확실한 이야기를 했다.

―해당 사항에 대해 추적 조사가 벌어졌습니다. 그런데 그 결과를 야베가 감추고 있다는 사실이 드러났습니다.

"야베가 그걸 감춘다고요?"

―야베 천황론에 대해 주장한 사람의 아이피가 그의 주변 인물들입니다.

"으음……."

그 말에 로버트는 표정이 심각해졌다.

그건 둘 중 하나다. 주변 인물들이 야베의 동의 없이 이딴 일을 저질렀을 가능성과, 야베가 사건을 은닉하려고 하는 것.

'하지만 과연 주변에서 반대하는 걸 야베가 하려고 할까?'

평양 감사도 자기가 싫으면 그만이라고 했다.

아무리 주변에서 하라고 해도 자기가 싫으면 그만이다.

'반대로 말하면, 야베가 야심을 감춘다고 봐야겠군.'

그런 경우 어떤 일이 벌어질까?

'내전.'

농담이 아니다.

인터넷에서 떠드는 놈들이 정신 나간 인터넷 찌질이라고 하면 문제 될 거 없는 해프닝이지만, 그걸 어떻게 해서든 감추려고 하는 사람이 그 소문의 당사자인 야베라면 이야기가 달라진다.

확실한 건 아니지만 분명 가능성 자체는 존재할 수밖에 없다.

─이 문제에 대해 확인해 보고 투자금의 회수를 결정해 주십시오.

"심각한 문제군요."

내전이 벌어지는 경우 가장 큰 문제는 과거의 국가를 이어 가느냐 마느냐다.

만일 전 정부를 이어 간다고 하면 신정부는 그 당시 정부에서 한 모든 조약과 채권을 이어받는다.

반대로 그게 아니라고 하면?

당연히 그 모든 건 소멸한다.

전자라면 국제사회에서 인정받기는 쉽지만 결국 권력자가 바뀌는 것 빼고는 딱히 변하는 게 없는지라, 문제가 심한 나라들에서는 해결책이 되지 않는다.

반대로 후자는 모든 게 초기화되어서 처음부터 시작하는 것 같지만 사실상 마이너스, 그것도 아주 심한 마이너스에서 시작된다.

왜냐? 신용이 없으니까.

조약에 가입하고 싶어도 유엔에 가입하고 싶어도 불가능한 거다.

물론 어마어마한 빚이 있으면 어쩔 수 없이 그 방법을 쓰기도 한다.

가장 대표적인 예가 바로 중국이다.

중국공산당은 중국을 세운 후에 과거의 모든 것을 부정했기에 그 당시에 중국 신용도는 아주 바닥을 기었다.

'그리고 일본의 현재 상황은…….'

신용 등급 A⁺. 좋아 보이지만 학점을 기준으로 생각하면 안 된다.

애초에 국제사회에서 국가의 신용 등급은 AAA부터 시작되니까.

AAA등급에는 미국이나 독일 같은 확실한 선진국들이 포진해 있다.

그다음인 AA⁺등급에는 선진국인 영국이 있으며, AA등급에는 한국과 프랑스 등이, AA⁻등급에는 개발도는 낮지만 어마어마한 현금 부자들인 중국과 사우디 등이 있다.

그리고 그다음이 바로 일본이 속한 A⁺다.

그러니까 위에서 따지기 시작하면 무려 다섯 계단이나 내려온 거다.

일본의 등급이 이토록 떨어진 것은 후쿠시마 사태 때문이다.

그럴 수밖에 없다. 후쿠시마 재건은 물 건너간 상황이고, 눈 가리고 아웅 하는 게 투자회사에는 뻔하게 보이니까.

더군다나 그 이후에 어마어마한 재건 비용 때문에 현재 일본의 빚은 GDP의 무려 열 배에 가깝다.

만일 일본이 기축통화국이 아니었다면, 이 정도 빚이라면 무조건 국가파산으로 넘어갔을 수준이다.

일본이 속한 A⁺가 얼마나 낮은 수치냐면, 그 아래에 멕시코나 말레이시아 같은, 예의로라도 선진국이라고 불러 줄 수 없는 나라들이 포진하고 있을 정도다.

그나마 장기적으로 좋게 변할 수 있다는 뜻으로 '+'가 붙어 있어서 망정이지, A등급인 이상 투자할 때 주의를 요해야 한다.

'이런 상황에서 권력이 바뀌면……'

그 빚을 이어받으려고 할까?

그건 무리다. 애초에 빚을 받지 않으려고 나라를 뒤집는 일이 종종 있었다.

"이 문제에 대해 어떻게 할까요?"

로버트가 심각하게 물었다. 공개 여부가 달려 있기 때문이다.

-은폐하는 척, 가능하겠습니까?

"은폐하는 척요?"

-그렇습니다. 은폐하는 척하면서 슬쩍 흘렸으면 좋겠는데.

그 말에 로버트는 피식 웃었다.

한국인이 일본인에 대해 가지는 감정은 익히 알고 있으니까.

'일본 입장에서는 돌겠군.'

만일 공개하면 일본은 공개적으로 부정할 수 있다.

'그렇지 않다.', '그런 일은 없다.'라고.

그런데 노형진이 말한 것처럼 소문으로 살짝 뿌려 버리면?

대놓고 부정할 대상이 없어져 버린다.

소문이라는 건 원래 알음알음 퍼지기 시작하는 거다.

그게 표면에 나타날 정도라면 이미 소문은 다 퍼진 상황이다.

특히나 어마어마한 돈이 걸려 있는 금융의 세계에서 그건 아주 예민한 문제다.

그때 가서 부정을 할 수도 있겠지만, 위험을 극도로 싫어하는 자금은 이미 일본에서 이탈한 후일 가능성이 높다.

어떻게 보면 대놓고 까는 것보다 훨씬 치명타를 줄 수 있는 방법이다.

"최대한 은닉해 보겠습니다."

-감사합니다, 후후후.

자본은 진실을 만든다

"뭐? 마이스터가 일본 쪽 자산에서 손을 털기 시작했어?"

"그렇습니다. 알게 모르게 조금씩 털어 내고 있는데, 아무래도 문제가 있는 것 같습니다."

"젠장! 뭐가 문제인지는 모르고?"

"저도 잘……."

"마이스터라니. 이거 뒤통수가 싸늘한데?"

키시어 투자회사의 중견 이사인 도미닉은 갑작스러운 보고가 영 꺼림칙했다.

투자회사라는 게 보통은 자기 능력으로 이루어진다.

하지만 다른 곳은 그게 다 먹혀도 안 먹히는 곳이 있으니, 바로 마이스터다.

그래서 대부분의 경우 마이스터는 투자를 기밀로 진행하는 편이다. 이제 마이스터의 투자 여부에 따라 다른 곳에서 투자를 결정하는 경우가 많기 때문이다.

　물론 마이스터가 손실을 보는 경우도 분명 있다.

　마이스터라고 해도 100% 다 성공하는 건 아니다.

　그러나 그 존재 자체가 이제 투자계에서는 무시할 수 없는 곳이 되어 버렸다.

　특히나 지금처럼 정보가 애매하고 누구도 이유를 모르는 경우 그 정보 라인이 미다스인 때가 많았다.

　그런데 미다스는 지금까지 거의 실패가 없었다.

　국가도 모르는 정보를 캐내는 것이 미다스의 정보력.

　만일 마이스터가 미다스의 정보력으로 뭔가를 알아냈고 손실을 최소화하기 위해서 손을 털고 있다면, 그건 절대로 작은 건수는 아니다.

　당연히 어떻게 해서든 알아내서 자신들도 대비해야 한다.

　최악의 경우는 손실을 감수하고서라도 털어 내야 하고 말이다.

　"알아봤어?"

　"전혀 모르겠습니다. 현재로써는 특이 사항이 없습니다."

　"그러면 미다스라는 건가?"

　정보 라인이 미다스라는 건 진짜 심각한 문제다.

　그에게 황금의 왕인 미다스가 별명으로 붙은 건 그만한 이유가 있기 때문이다.

'그렇다고 무조건 따라 들어갈 수도 없고.'

그랬다가 도리어 이쪽이 당할 수도 있는 노릇이다.

이 세계에서는 멍청하게 따라 들어가는 게 제일 병신 같은 짓이다.

"정보라…… 혹시 알아볼 만한 라인 없나?"

"라인이라고 하면……."

잠깐 고민하던 직원은 조용히 목소리를 낮췄다.

"마이스터에서 일하는 사람 중에 괜찮은 사람이 있습니다."

"괜찮은 사람?"

"건너 건너 아는 사람인데……."

그 말에 도미닉은 눈을 살짝 찡그렸다.

건너 건너 아는 사람이라는 건 내부인이라는 거다.

그런데 그놈이 미쳤다고 외부인에게 자료를 주겠는가?

딱 한 가지 경우만 빼고 말이다.

"얼마나 필요한데?"

"건에 따라 다릅니다만, 아무리 봐도 건수가 건수이다 보니 못해도 50만 달러는 들 거라고 생각합니다."

"뭐? 장난해?"

"하지만 이사님, 미다스의 정보입니다. 더군다나 이 계통에서 일하는 놈들의 연봉을 생각해 보십시오. 그나마 그 사람은 아직 위에 올라가지 못해서 이 정도지, 더 위로 올라가면 이건 돈도 아니게 될 겁니다."

"끄응, 그건 그렇지."

도미닉도 안다, 이 세계에서 잘나가는 놈들은 50만 달러가 아니라 몇백만 달러를 연봉으로 챙겨 간다는 걸.

그런 놈에게 50만 달러를 주면서 정보를 달라고 하면 코웃음을 칠 게 뻔하다.

그거 하나면 자기 실적이 얼마나 늘어날지 뻔히 아는데 덥석 주겠는가?

즉, 상대방은 정보에는 접근할 수 있지만 아직 유통할 수 있는 돈이 적은 풋내기라는 소리다.

"할 수 없지, 그 정도는 써야 한다면."

도미닉은 고개를 끄덕거렸다.

정보가 전부인 이 세계에서 그는 돈으로 정보를 살 생각이었다.

⚖

"뭐라고? 내전?"

무려 50만 달러짜리 정보다.

그런데 황당하다 못해서 기가 막혔다.

"장난해? 일본에서 내전?"

"확실한 게 아닐 수도 있지만, 이 세상에 완벽한 안전은 없습니다. 도미닉 이사님, 영국을 생각해 보십시오."

"크윽."

맞다. 과거 누가 영국이 유럽연합에서 탈퇴하리라고 생각했겠는가? 도미닉은 당연히 잔류할 거라 생각해서 그쪽으로 투자했고 그 결과 어마어마한 피해를 입어야 했다.

만일 그때 실패하지 않았다면 키시어의 대표는 자신이었을 거라는 생각에 그는 속이 쓰렸다.

대부분 영국이 잔류할 거라 생각했다. 투자회사들뿐만 아니라 대부분의 정치인들이.

오로지 미다스만이 유로 이탈에 몰빵했고, 사람들은 미다스가 돈에 눈이 멀어 위험한 도박을 한다고 생각했다.

그런데 결론은?

영국은 유로에서 이탈하는 브렉시트를 결정했고, 미다스와 마이스터는 그들의 돈을 쪽쪽 빨아 갔다.

"확실한 거야?"

"마이스터가, 일본의 총리인 야베가 관련 정보를 은폐하고 있는 정황을 발견했다고 합니다."

"야베 총리가? 총리까지 나설 정도라면 그거 엄청 심각한 거 아냐?"

"그래서 그걸 가지고 판단한 듯합니다."

그 말에 도미닉은 눈을 찡그렸다.

총리가 나서서, 처벌이 아니라 은폐를 하는 상황.

그리고 극우를 넘어서 파시즘 수준으로 치달아 가고 있는 일본의 상황.

"그 정보 확인해 봐."

"네?"

"돈이 얼마나 들든, 일본에서 그 정보를 확인해 봐. 만일 그게 맞는다면 심각한 문제야."

도미닉은 이빨을 빠드득 갈면서 말했다.

⚖️

알음알음 주변에서 소문이 퍼지기 시작하고 그럴 때마다 야베가 관련 기록을 삭제한다는 흔적이 더 나왔다.

"그런데 그걸 가지고 이 정도로 자금이 빠진다는 게 이해가 안 갑니다. 일본에서 내전이라니, 하."

신동하는 여전히 터무니없는 이 말에 속아 넘어가는 대다수의 투자회사들이 이해가 안 가는 듯했다.

"다른 나라라면 이해하겠지만 일본은 절대 그런 일이 없을 겁니다."

"그렇게 생각하십니까?"

"네?"

"세상에 절대적인 건 없지요."

노형진은 신동하의 말에 피식 웃으며 말했다.

"세상의 누구도, 자신의 나라가 미래에는 망가진다고 하면 믿지 않습니다. 가령 지금 미국의 경제제재로 인해 망해 가는 이란의 경우, 원래는 이슬람 국가이지만 세속 이슬람이었고 여자들은 히잡이 아니라 미니스커트를 입고 다녔습니다."

"미니스커트요?"

"네. 그 당시 사람들에게 미래의 이란은 이슬람원리주의 국가가 되어서 히잡을 쓰고 다녀야 한다고 말했다면, 무슨 말을 들었을까요?"

"으음……."

아마도 그들은 헛소리하지 말라고 하면서 미친놈 취급했을 것이다.

"이란뿐만이 아닙니다. 세계 역사에는 그런 경우가 많습니다."

누구도 벌어질 거라 생각하지 않았던 일이 결국 벌어지는 경우.

당장 베트남전쟁만 해도 그렇다.

다른 곳도 아닌 미국이다. 그 미국이 베트남에서 패배해서 도망쳐 나올 거라고 누가 생각이나 했겠는가?

그뿐만이 아니다. 영국의 브렉시트와 미국의 대통령 선거도 있다.

"세상에 절대적인 건 없습니다. 다만 그와 관련된 정보만

이 있을 뿐이지요.”

“그래서 그렇게 이상한 소문을 퍼트린 겁니까?”

“내전은 경제인들에게 예민한 문제입니다.”

내전이 일어나면 거의 대부분 그 나라의 몰락이 확정된다.

차라리 외부의 공격이라면 저항하기 위해 힘이라도 합치지, 내전은 서로에 대한 원색적 증오만을 가지고 무차별적인 공격과 학살을 하게 되기 때문이다.

“전에 말했다시피 중국이 한국과 미국에 인터넷상의 공격을 하면서 여론을 분열시키려고 하는 이유는 간단합니다. 어떻게 해서든 힘을 합치지 못하게 하려고 하는 거지요. 그중에서 내전은 최고의 효과이고요.”

물론 진짜 내전이 일어나지는 않을 가능성도 있다.

애초에 내전이라는 것이 일어날 수가 없는 상황일 수도 있고.

“하지만 자본은 불확실성을 싫어합니다. 그래서 제가 마이스터를 여기다 넣은 거고요.”

위험한 상황이 발생한다.

그것도 단순히 주가가 추락하는 정도가 아니라 아예 투자한 자금이 휴지 조각이 될 상황이 발생한다면, 당연히 자본은 그 상황을 피하려고 한다.

“전 세계에서 가장 정보가 빠른 쪽은 다름 아닌 금융과 투자 부문입니다.”

이것이 법이다

"그래서……."

"네, 맞습니다. 소문일 뿐이지요. 하지만 위험을 감수할 수 없는 소문입니다."

더군다나 그 정보의 출처도 문제가 된다.

단순히 인터넷에서 떠드는 거라면 문제가 안 되겠지만 다른 사람도 아닌 미다스다.

미다스라는 이름이 가지는 파괴력에 대해 누구보다 잘 아는 건 노형진 자신일 것이다.

"미다스가 그 정보를 믿고 일본의 자금 회수를 시작하면, 대부분의 사람들은 어마어마한 압박을 받게 됩니다."

"하지만 오직 그것 때문에 자금을 뺀다고요?"

"오직 그것 때문에 바로 자금을 빼지는 않을 겁니다. 조사를 하겠지요."

"조사…… 아……."

노형진은 야베 덴노의 옹립이라는 주장을 하는 곳을 주로 야베의 지지 세력과 극우 세력 아이피로 조작해 냈다.

그리고 야베는 언제나처럼 그 부분에 대해서는 모조리 감추고, 그 대신에 일부 철없는 극우 세력에 대해서만 수사를 진행했다.

그러니까 겉으로 보기에는 이번 사건은 철없는 인터넷 워리어들의 헛소리로 끝났어야 한다.

"하지만 미다스라는 이름이 붙은 이상 투자사들은 절대 그걸 믿지 않습니다. 애초에 투자사들은 언론사를 안 믿어요."

그럴 수밖에 없다. 언론사도 결국 기업이고, 이권을 위해 온갖 거짓말을 하기 때문이다.

당장 한국에 IMF가 오기 직전까지도 한국의 언론사들은 '한국은 안전합니다!'라고 외쳐 댔고, 그사이에 부자와 언론사의 사주는 재산을 해외로 빼돌리기 바빴다.

"더군다나 일본은 해외에서 언론의자유 지수가 바닥에 있습니다."

사실상 일본의 언론사는 정부의 통제를 받는 상황이다.

그런 상황을 뻔히 아는 각 투자사들이 일본의 언론을 믿고 그대로 행할까?

그랬다면 애초에 일본의 신용 등급이 A+까지 떨어지지도 않았다.

"결국 투자사들은 대부분 자체적으로 조사하게 됩니다. 그러면 자연스럽게 야베가 뭔가를 감추고 있다는 게 드러나죠."

문제는 야베가 뭔가를 감추고 있다는 건 드러나는데 그게 뭔지는 모른다는 거다.

물론 야베는 딱히 쿠데타를 일으킬 계획이 없다.

그가 보호하고 싶은 건 자기 지지 세력이지 쿠데타 준비를 감추는 게 아니다.

"중요한 건 투자사의 입장에서는 그걸 확인하기 힘들다는 겁니다."

미묘한 문제다.

이게 쿠데타를 위해 세력을 보호하는 건지 아니면 구설수가 싫어서 세력을 보호하는 건지 알 수가 없다.

"천 길 물속은 알아도 한 길 사람 속은 모른다고 하니까요."

그런 상황이라면 투자사들은 보수적인 결정을 할 수밖에 없다.

단순히 10%나 20% 수준의 하락이 아니라 투자금 전액이 손실액이 될 수도 있는 상황.

"그리고 그런 경우는 대부분의 투자사들은 그걸 투자자에게 확인해야 합니다."

작은 금액이라면 모르지만 큰 금액이라면 당연히 투자자에게 이야기를 하고 의견을 구해야 한다.

"전 세계에 빠르게 이야기가 퍼지겠군요."

신동하는 혀를 내둘렀다.

이야기가 퍼져 갈수록 사람들은 더욱 신빙성을 더하게 될 것이다.

왜냐? '너도 들었냐? 나도 들었다.'라는 식으로 이야기가 진행될 테니까.

"아마 야베는 반쯤 미칠 겁니다, 후후후."

야베는 자신을 찾아온 주일 미국 대사를 보고 당혹감을 감추지 못했다.

"야베 총리, 우리가 당신에 대해 잘못 판단하고 있었던 것 같군요."

"무슨 소리입니까?"

엄밀하게 말하면 주일 미국 대사는 야베에게 조심해야 하는 처지다.

야베는 총리이자 한 나라의 대표인 반면, 그는 그저 파견 공무원일 뿐이니까.

하지만 오늘은 그럴 상황이 아니었다.

"이미 확인했습니다. 당신이 쿠데타를 준비한다는 소문이 벌써 파다합니다."

"쿠데타라니요! 말도 안 됩니다!"

"거짓말하지 마십시오! 야베 총리, 당신이 관련 증거를 은밀하게 감추고 있다는 사실을 미국의 증권가에서 이미 확인하고 은밀하게 자금을 빼고 있습니다. 그런데도 몰랐다고 하실 겁니까!"

'뭐? 그게 그것 때문이었어?'

물론 야베도 투자금이 빠지고 있다는 소식을 듣기는 했지만 그건 어디까지나 경제적 문제라고 생각했지, 설마 자신의 쿠데타 문제 때문일 거라고는 상상도 못 했다.

투자사들이 바보도 아니고, 야베를 찾아와서 '혹시 쿠데타 하실 겁니까?'라고 물어보지는 않을 테니까.

"뭔가 잘못된 겁니다. 저는 그런 일을 하지 않습니다."

물론 미국에서 자신을 지지해 준다면 해 볼 용의는 있지만 미국이 그럴 이유는 없다.

만일 쿠데타 세력을 지지하여 정말로 일본에서 내전이 일어나면 일단 중국과 한국을 너무 심하게 자극하게 된다.

사실상 미국의 적성국인 중국이 그걸 보고 공격적으로 대응하기 시작하면 미국으로서도 곤란하다.

게다가 한국에는 더 큰 문제가 되는데, 만일 일본이 전쟁 가능 국가를 선포하게 되면 그 대상 1순위는 무조건 한국이기 때문이다.

다른 나라는 너무 멀고 중국과 러시아는 너무 강한 탓이다.

"우리 미국은 동북아의 긴장 상태가 이 이상 심해지는 걸 원하지 않습니다."

미 대사의 말에 야베는 침을 꿀꺽 삼켰다.

"절대 아닙니다. 저는 쿠데타를 일으킬 계획 같은 건 없습니다."

"그러나 이미 관련 증거들이 나왔습니다. 관련 증거를 감추려고 당신이 수사에 개입했다는 증거 또한 넘쳐 나는 상황입니다."

"아니, 그건……."

"설마 당신의 세력이 당신의 동의도 없이 당신을 천황으로 올리려고 한다는 헛소리를 하려는 건 아니죠?"

"……."

"야베, 우리는 이 문제를 그냥 넘어가지 않을 겁니다."

미 대사의 말에 야베는 입술을 깨물 수밖에 없었다.

미 대사가 찾아왔다는 것.

그건 이 문제가 공적인 부분에서 점점 퍼지기 시작했다는 걸 의미한다.

그리고 그와 동시에 노형진은 유럽까지 소문을 퍼트리기 시작했다.

물론 정식 신문에는 근거도 없는 소식을 퍼트릴 수가 없다.

하지만 그렇지 않은 신문, 즉 타블로이드지라고 불리는 가십 관련 신문은 그런 게 어렵지 않은 일이었다.

"뭐? 일본 총리가 쿠데타를 준비하고 있어?"

"이거 사실이야? 일본에서 내전 준비 중이라는데?"

"천황가를 몰아내고 새로운 천황을 옹립한대."

타블로이드지는 적당한 돈을 받고 관련 정보를 기사화했다.

마냥 근거가 없는 것도 아니었다.

일단 은닉 사실이 존재했고, 투자사들의 자본이 무섭게 빠져나갔다. 이상 징후가 있긴 있다는 증거였다.

"국왕에 대해 반기를 드는 건가?"

특히 유럽은 원래 왕정 국가였다가 국왕을 몰아낸 나라들이 많다. 대표적으로 프랑스가 그런 나라 중 하나다.

거기에다 대부분의 유럽 사람들은 일본의 왕이 허수아비라는 걸 모른다. 당연히 실권을 가진 사람이라고 생각한다.

그런 상황에서 아래에서 불만이 심하다면 쿠데타가 딱히 불가능하지 않다는 걸 알기에 모두들 그 이야기를 수군거렸고, 전 세계에 일본 쿠데타설이 무척이나 빠르게 퍼지기 시작했다.

쾅!

야베는 무릎을 꿇고 엎드려 있었다.

그에게는 지금까지 딱히 정치적 위기라는 게 없었다.

그럴 수밖에 없다. 일본은 극우가 지배하고 있고 그는 일본 극우의 수장이니까.

그런 그에게 이번 일은 어느 때보다 큰 정치적 위기였다.

"야베 총리, 이 사태에 대해 어떻게 설명할 것입니까?"

요히토는 얼굴이 붉으락푸르락하게 변해 있었다.

그가 아무리 힘이 없다고 하지만 이번 야베의 이번 행동은 도를 넘었다.

"오, 오해입니다, 황태자 전하."

"오해? 내가 분명 이번 반역에 관련된 모든 자들을 조사해서 일벌백계하라고 했습니다. 그런데 그걸 감췄다가 이제 와서 드러나니 오해라고요? 다른 나라에서 아버지인 덴노께 반역 사실을 알려 주고 있는데 오해요? 쿠데타 위험 때문에 전 세계 투자금이 빠져나가고 있는데 오해요!"

"그게…….."

야베는 어이가 없었다.

물론 자신에게 문제가 될 만한 것을 슬쩍 감춘 것은 사실이다. 하지만 그게 이렇게까지 커질 줄은 진짜 몰랐다.

"반역자들을 감추고 있다는 사실이 드러났는데 내가 어떻게 받아들여야 합니까!"

현 일왕은 그렇잖아도 야베가 헌법 개정을 통해 자신을 끌어내리지 않을까 전전긍긍하는 사람이다. 그런데 이런 일이 터지자 충격으로 인해 아예 드러누웠다.

'젠장, 이러면 안 되는데…….'

원래 현 일왕은 생전에 물러나고 일왕의 직을 아들인 요히토에게 준다.

물론 그건 상당한 시간이 지나고 나서야 벌어질 일이었다.

하지만 이번 사태로 완전히 쓰러지면서 그게 더욱 가속화되는 결과를 가지고 온 것이다.

아버지를 쓰러지게 한 야베를, 요히토는 용납할 수가 없었다.

"저는 천황가에 대해 어떠한 흑심도 없습니다. 쿠데타라니요! 저는 억울합니다!"

야베는 억울함을 어필하려고 했다.

하지만 이미 주변에 그런 소문이 너무 많았다.

더군다나 그가 정보를 감춘 게 가장 큰 실수였다.

'그때 차라리 더 안쪽을 파고들었어야 했어.'

그랬다면 어쩌면 그는 그 아이피가 조작되었거나 해킹되었다는 흔적을 찾을 수 있었을지도 모른다.

하지만 이미 상당한 시간이 지났고, 관련 증거는 이미 그가 소각 처리를 명령해서 사라진 상황.

결국 아무리 봐도 야베가 배신하기 위해 고의적으로 감춘 것으로 보일 수밖에 없었다.

"야베 총리."

"하잇!"

"옛날 같으면 이건 내가 당신에게 할복을 명할 일입니다. 무슨 뜻인지 아십니까?"

"그건……."

할복.

일본인들은 자랑스러운 문화 취급하지만, 현실적으로 실제로 할복으로 죽은 사람은 거의 없다.

하지만 어찌 되었건 지금까지 상관에 대한 충성을 증명하는 가장 좋은 방법으로 취급받고 있다.

"하지만 요즘 같은 시대에 할복을 명할 수는 없지요. 대신 모든 책임을 지고 총리직에서 사퇴하세요."

"그럴 수는 없습니다!"

"총리, 지금 항명하는 것입니까!"

"항명이 아니라, 천황가는 일본의 정치에 관여할 수 없습니다!"

"이건 정치가 아니라 쿠데타의 문제입니다! 총리가 쿠데타를 일으키려고 한 게 뻔히 보이는데 내가 그걸 두고 봐야 한다는 말입니까!"

"저는 반역을 하지 않습니다!"

"오호, 그래요?"

"그렇습니다! 전 천황가의 신실한 종복입니다!"

진짜 천황가에 반역하기 전에는 야베는 이렇게 말할 수밖에 없다.

애초에 헌법상 천황가가 일본의 통치자이기 때문이다.

권력의 여부를 떠나서 이건 바꿀 수 없는 사실이니, 이걸 바꾸겠다거나 부정한다는 건 야베가 진짜로 쿠데타를 일으 킨다는 걸 의미한다.

"그래요?"

그 말에 피식 웃는 요히토.

"그러면 그 충성을 증명해 보세요."

"네?"

"방송에 나가서 천황가에 대한 충성을 증명하란 말입니 다."

"방송이라 하심은……?"

"말 그대로입니다. 방송에 나가서 충성의 맹세를 하고 제 말을 따르겠다고 확답을 하란 말입니다."

'젠장.'

그 말에 야베는 아차 싶었다.

그는 천황가의 종복임을 자처했다.

그런데 여기서 안 된다고 하면 상황이 웃기게 되어 버린 다.

결국 방금 충성한다고 했던 천황가에 반역하겠다는 의미 니까.

"내가 국내 정치를 하겠다는 것도 아니고, 당신에게 물러 나라 하는 것도 아닙니다. 다만 나와 내 아버지이신 덴노께 충성의 서약을 하라는 겁니다."

"……."

"자주 하지 않았습니까? 안 그래요?"

"크흑."

실제로 그랬다. 야베는 덴노를 이용하기 위해 공식 석상에서 '덴노 헤이카 반자이'라는 말을 많이 외쳤다.

그렇게 함으로써 극우 세력을 결집시키고 자신의 세력을 강화할 수 있었고, 장차 덴노라는 이름으로 헌법을 개정할 수 있게 될 테니까.

'외통수다.'

하지만 이번에 요히토가 요구하는 건 상황이 다르다.

과거에 그가 한 만세 삼창은 덴노를 가지고 놀기 위한 방식이었지만 지금 요히토는 공식 석상에서 자신에 대한 충성을 증명하라고 하고 있다.

당연히 그 첫 명령은 이번 사태에 관련된 모든 자들에 대한 처벌일 것이고, 그건 자신의 지지 세력의 처벌이 될 가능성이 높다.

"아니면……."

요히토는 눈을 크게 떴다.

그의 안에서는 불길이 일렁이고 있었다.

그동안 많이 참았다. 대응할 방법이 없었기 때문이다.

하지만 이제는 아니다.

노형진 덕분에 천황가는 강력한 무기를 가지게 되었다.

"당신을 '파문'하겠습니다."

정치적 지도자로서의 야베에게는 손대지 못하지만, 노형진 덕분에 천황가는 종교적 지도자로 포지션을 바꿨다.

그리고 만일 천황가가 야베를 파문한다면 자민당을 비롯한 세력은 어쩔 수 없이 그를 몰아내고 다른 총리를 내세워야 한다.

종교적인 파문이 정치적으로는 아무런 힘도 없다지만, 결국 일본을 지배하는 지배자가 그를 총리로서 인정하지 않는다는 걸 의미하는 거다.

현실적으로 총리는 천황을 대신해서 모든 업무를 보는데, 국가의 주인의 승인을 받지 못한 대리인이라니.

이건 진짜 애매한 일이다.

가령 어떤 조약을 체결할 때 최종 승인권자는 일본의 천황이다.

하지만 법률상 일본의 천황은 나설 수가 없어서, 일본 정부와 총리가 모든 걸 다 준비하고 천황은 도장만 찍는 게 현실이었다.

그런데 만일 천황이 총리를 공식적으로 파문한다면 애매해진다.

법률적으로는 대리인이지만, 일본의 주인이 천황이라는 점을 생각하면 그와 이야기하지 않고 그가 부정한 사람과 손잡는 것은 심각한 외교적 결례가 되기 때문이다.

그리고 강제로 천황에게 도장을 찍게 하면 그건 진짜로 쿠데타 하는 꼴이 되어 버린다.

"어떻게 하시겠습니까, 야베 총리? 우리에게 충성을 맹세하겠습니까, 아니면 끝까지 싸우시겠습니까?"

요히토의 눈은 어느 때보다 번뜩이고 있었다.

⚖

—덴노 헤이카 반자이! 반자이! 반자이!

공식 석상에서 울려 퍼진 말.

그동안 2차대전 때문에 암묵적으로 부정적인 의미로 통용되던 그 말이, 상황이 바뀌자 주전론자들의 목을 조르는 말이 되었다.

—이번 사태는 일부 세력으로 인해 발생한 문제이며…….

총리와 그 일파는 공식적으로 천황가에 충성의 맹세를 했다.

그동안 의례적으로 충성의 맹세를 하기는 했지만 말 그대로 의례적인 것일 뿐 언제나 뒤통수를 치던 야베는, 이번 사건으로 제대로 코가 꿰여 버렸다.

−이번 쿠데타 소동을 일으킨 주범들에 대해서는 조사를 통해 상응하는 처벌과······.

당연히 첫 번째 명령은 이번 사태를 일으킨 자들에 대한 처벌이다.

사실 이건 정치도 아니고, 천황가라고 해도 충분히 할 수 있는 말이다.

국가 그 자체인 게 바로 일본의 천황이니까.

"그리고 일왕이 방송에서 조사를 명령했으니까요."

이제 아무리 야베라고 해도, 다른 건 몰라도 이번 건에 대해서는 조사를 뭉갤 수가 없다.

그랬다가는 진짜로 그 자신이 천황을 무시하고 반역을 하려고 했다는 의심을 받을 테니까.

"그리고 지금쯤 그 자금에 대한 조사가 진행될 겁니다."

아마도 신동성은 상황이 왜 이렇게 되는지 전혀 모르고 있겠지만 말이다.

⚖

"뭐라고?"

신동성은 손이 부들부들 떨렸다.

천황을 뒤집으려고 한 극우 세력, 그 세력의 자금 출처로 자신이 지목되었다는 황당한 보고 때문이었다.

"그 때문에 검찰에서는 대대적인 검문을 하겠다고 나섰습니다."

"무슨 말도 안 되는 헛소리야? 우리가 왜 천황을 폐해? 우리가 왜 일본을 뒤집느냐고!"

일본에서 돈 잘 벌고 있는데 자신들이 왜 그런 멍청한 짓을 한단 말인가?

"이미 계좌 추적이 끝났다고 합니다. 우리가 준 60억의 자금이……."

"60억?"

그 말에 신동성은 머릿속에 떠오르는 게 있었다.

신동하에게 사과 조로 준 60억.

정확하게 60억이 나간 사건은 그것밖에 없었다.

그 당시에 신동하는 그걸 자신의 비자금 계좌로 비밀리에 넣게 했다.

익명의 계좌였고, 기업하는 놈들에게는 그게 너무나 당연한 일이었기에 별 의심 없이 넣었는데…….

"잠깐! 60억? 정확해? 60억 맞아?"

"네, 그렇습니다. 입금 시기는 대략 세 달 전이고…….

쾅!

신동성은 온 힘을 다해서 테이블을 내려쳤다.

'당했다.'

세 달 전, 딱 그때다.

계좌에 돈을 넣을 때 신동하는 당연히 차명 계좌라고 했다.

그런데 차명 계좌가 아니라 자신에게 엿을 먹이기 위한 계좌인 게 분명했다.

"망할 신동하 개자식!"

60억이라는 돈. 그 돈이 극우 세력 중 일부에게 들어갔고 그들은 천황을 몰아내고 야베를 천황으로 올리자고 주장했다.

그리고 현재는 그 계좌가 털려서 대동이라는 이름이 튀어나와 버렸다.

"미친 새끼."

물론 신동성이나 신동우라면 이런 미친 짓을 하지는 못한다. 어찌 되었건 대동은 자신이 속한 기업이고, 이기게 된다면 당연히 자신의 기업이 될 것이기에.

하지만 신동하는 다르다.

대동이 그의 것인 적도 없었고 그렇게 될 거라 생각한 적도 없다.

대동은 신동하에게 있어서 원한으로 가득한 대상이며 자신의 인생을 망친 원흉이다.

"당장…… 자리 마련해."

상대가 누군지 말하지 않았지만 이사들은 충분히 누군지

알았다.

정확하게 말하면 누구든 상관없다.

이번 사건을 덮을 수 있는 사람이라면, 누구든.

설사 그게 악마라고 할지라도 말이다.

⚖️

"아마도 신동성은 신동하가 준 계좌라고 주장할 겁니다."

유민택에게 보고하면서 노형진은 차분하게 말했다.

"하지만 현실적으로 그게 먹혀 들어갈 가능성은 낮습니다."

"어째서?"

"신동하는 확고한 일왕파로 분류되고 있으니까요."

힘이고 뭐고 없는 일왕에게 접근해서 처음부터 끝까지 충성을 다한 게 바로 신동하다.

당장 지금 일왕가가 일본에서 힘쓰기 시작한 것은 신동하가 도와주면서부터다.

"그런 상황에서 신동하가 천황가를 몰아내자고 주장하는 곳에 자금을 줬다고요? 그 말을 과연 누가 믿을까요?"

더군다나 신동성과 신동하 그리고 신동우의 전쟁은 알 만한 사람은 다 안다.

"그러니 죄를 신동하에게 뒤집어씌우기 위해 거짓말하는

거라고 믿을 가능성이 더 높지요."

결과적으로 신동성은 이번 일로 인해 치명적인 타격을 입게 될 것이 뻔하다.

"하지만 그러면 계획과는 좀 다르지 않나? 자네는 신동성이 아니라 대동 자체에 타격을 준다고 하지 않았나?"

하지만 타격을 입은 건 대동이 아니라 신동성이다.

"물론 지금 보이는 건 그렇지요. 그렇지만 저는 제대로 작전 중입니다. 대동의 타격은 이제부터 시작할 겁니다."

"어째서?"

"야베는 지금 희생양을 원하고 있으니까요."

이미 인터넷에 소문이 파다하게 퍼진 야베의 쿠데타설.

그렇잖아도 야베가 천황에게 조금씩 반기를 들고 있던 걸 알고 있던 극우 세력 사이에서, 이번 사태로 인해 야베를 적대적으로 보는 시선이 생겼다.

현실적으로 아무리 야베가 대단하다고 하지만 일본 전 국민의 지지를 받을 수는 없다.

그게 가능했다면 이미 쿠데타 없이 평화롭게 스스로 덴노로 즉위했을지도 모른다.

"즉, 야베의 입장에서는 어떻게 해서든 이 책임을 물을 만한 사람을 찾아야 한다는 거지요. 현 상황에서 계속 조사가 진행된다면 죄를 뒤집어쓰고 처벌받는 건 야베를 지지하던 세력일 테니까요."

물론 어떻게 해서 중국까지 아이피 추적이 갈 수도 있다.

하지만 중국이 아이피를 줄까?

애초에 해킹을 할 때 중국만 통한 것도 아니다. 중국은 하나의 거점에 지나지 않는다.

러시아를 지나왔고 미국을 통했다.

그나마 접속이 계속 되어 있다면 모를까, 접속은 끊어진 상태고 남은 건 최종 아이피뿐이다.

즉, 중국에서 아이피가 끊어진 이상 저들은 최초 해킹 위치를 모른다는 거다.

'기업도 아닌 극우 세력의 사무실을 누가 해킹할 거라고는 생각도 못 했을 테니까.'

당연히 거기에 있는 방화벽은 그나마 시중에서 쓰는 무료 방화벽이 다였고, 대부분의 사무실은 그마저도 없었다.

'이미 그 컴퓨터 내부의 은밀한 곳에 야베를 위한 쿠데타 자료를 넣어 놨으니까.'

해킹해서 계정도 뚫는 마당에 그 정도를 안에다가 두고 오는 건 일도 아니었고, 조사가 시작된 이상 야베는 튀어나오는 서류에 당혹감을 감추지 못할 것이다.

"그걸 감추기 위해서는 다른 곳으로 시선을 돌려야 합니다. 그러면 과연 어디로 시선을 돌릴까요?"

"으음…… 기존의 야베의 패턴을 보면 한국이겠군."

"보통은 그렇지요. 하지만 한국이 야베를 덴노로 만들어 줄 이유가 없지요. 더군다나 한국을 건드리는 건 심각한 문제입니다."

만일 한국이 뒷배경이라면?

그때는 타국이 일본을 뒤집으려고 했다는 걸 의미한다.

"일본은 전수 방위를 주장하고 있습니다. 물리적 공격이 아니라 상대방이 이쪽을 공격할 게 확실한 경우에는 선공을 할 수 있다고 주장하고 있지요."

"아! 그러면 이 경우에는 그 이야기가 나오겠군."

"맞습니다."

극우 세력은 분명 한국을 선공하자고 주장하기 시작할 거다.

그런데 지금 상황에서 극우 세력은 숨죽이고 있어야 한다.

단시간이라고 하지만 현재 권력을 잡은 것은 일왕가다.

더군다나 일본이 한국과 전쟁을 한다?

미국이 가만둘 리 없다.

당장 야베에게 입 닥치고 있으라고 협박 아닌 협박을 하고 간 게 바로 주일 미국 대사다.

"즉, 야베 입장에서는 문제가 되지 않을 희생양을 찾아야 하지요."

노형진이 거기까지 말하지 유민택은 싱긋 웃었다.

"대동이군."

"정확합니다."

대동에서 돈이 나왔다는 정확한 증거가 있다.

그리고 대동은 이미 이번 사건으로 극우와 척졌다.

더군다나 대동은 그 위치가 애매하다.

"대동은 한국에서는 한국 기업이라고 주장하고 일본에서는 일본 기업이라고 주장하고 있습니다. 물론 공식적으로는 일본 기업이지만 말입니다."

그런데 현재 일본에서 국민들의 시선을 보면 대동은 일본 기업보다는 한국 기업에 가깝다.

특히나 과거에 노형진이 그들을 이용해서 한국에 더 많은 투자를 하는 것처럼 보이게 만듦으로써 대동이 한국 기업이라는 이미지를 가지게 했다.

"한국의 기업이 일왕가를 뒤집으려고 하는 세력을 지원했다는 그림이 나오는 거지요."

"허."

그리고 그걸 알고 있는 야베는 대동을 물어뜯을 수밖에 없다. 자신이 죄를 뒤집어쓸 수는 없으니까.

"대동 입장에서는 미치고 팔짝 뛸 일이겠군."

"대동은 그 정도일 테지만 신동우와 신동성은 아마 뒷목 잡고 쓰러질 겁니다, 후후후."

"이런 미친 새끼! 무슨 짓을 한 거야!"

신동우는 신동성을 찾아와서 멱살을 잡아 올렸다.

성품이 차갑지만 폭력적이지 않은 신동우의 성격을 생각하면 상당히 이례적인 일이다.

그럼에도 불구하고 그는 참을 수 없을 정도로 화가 나 있었다.

"뭐? 천황을 바꿔? 야베 총리를 천황으로 만들어? 무슨 말도 안 되는 개 같은 짓을 한 거야!"

야베는 이 헛소문을 낸 존재로 대동을 지목했다.

더군다나 돈을 줬다는 확실한 증거도 있으니 마냥 거짓말도 아니었다.

"자, 잠깐! 형! 내 이야기를 들어! 나도 신동하 그 새끼에게 당한 거야!"

"혀엉? 지금 형이라는 말이 나와!"

대동에 이뤄진 갑작스러운 세무조사. 이건 야베가 대놓고 대동을 족치기로 작심했다는 의미다.

하긴 야베 입장에서는 가만히 있다가 뒤통수를 맞은 거니 화가 안 날 리 없다.

"거기에 돈을 넣은 건 사실이지만 그 계좌를 준 건 신동하라고!"

"그러니까 그 새끼한테 네가 돈을 왜 주느냐고!"

"그건……."

신동성은 자신이 당한 걸 말하려다가 말았다.

그건 자신의 약점이다.

만일 신동우가 그 사실을 알면 그걸 이용해서 그를 공격하려고 할 것이다.

"그, 그런 게 있어······."

"'그런 게 있어.'로 해결될 상황이냐고, 이 새끼야! 일본 정부에서 우리를 족치고 있는데!"

이미 일본 정부는 대동을 희생양으로 삼으려고 작정한 듯 세무조사를 비롯한 여러 가지 공격을 행하고 있다.

대동에서는 어떻게 해서든 사건을 무마하기 위해 노력하고 있지만 그게 쉽지 않았다.

법이라는 게 그렇다. 원래 부스러기를 따라가면서 공격하는데, 다른 부스러기가 확실하지 않은 상황에서 대동이라는 왕건이가 있으니 이쪽을 족칠 수밖에 없다.

"망할 새끼. 네가 언젠가 그럴 줄 알았다."

신동우의 공격에 슬슬 화가 나는 신동성.

아무리 전과 많이 달라졌다고 해도 신동성의 욱하는 성질은 어디 가지 않았다.

결국 터진 신동성이 주먹질을 하려고 하는 찰나, 문이 벌컥 열렸다.

"큰일 났습니다, 도련님! 뉴스에서······!"

들어오던 보좌관은 움찔했다.

사무실 안에 있는 신동우를 그제야 발견한 것이다.

"도대체 무슨 큰일? 지금 이 상황보다 더 큰 일이 있어?"

짜증스럽게 말하는 신동성.

"그게⋯⋯."

"말해."

"네?"

"말하라고, 이 새끼야! 지금 이게 신동성 이 새끼만의 문제는 아니잖아!"

신동우의 말에 부하는 슬며시 신동성을 바라보았다. 그 시선에 신동성은 고개를 끄덕거렸다. 틀린 말은 아니니까.

"도대체 뭔데?"

"주주 회의가 소집되었습니다."

"주주 회의? 갑자기 무슨⋯⋯?"

"그게⋯⋯ 이번 사태로 인해 주주 회의가⋯⋯."

신동성과 신동우는 이게 뭔 소리인가 하는 표정이 되었다가 아차 싶었다.

자신을 공격하는 게 과연 일본 정부만일까?

주주란 존재는 당연히 안정적인 돈벌이를 원한다.

신동우와 신동성의 싸움? 그건 자기 돈벌이만 건드리지 않는다면 상관없는 일이다.

그리고 대동 정도의 규모를 가진 기업을, 아무리 잘났다고 하지만 신씨 가문이 모든 지분을 가지고 있을 수는 없다.

그들이 싸울 수 있는 이유. 그건 바로 우호 지분 때문이다.

그들의 편을 들어 주는 지분이 있기에 그들은 싸울 수 있는 거고, 그것 때문에 외부에서 공격이 들어오지 않는 거다.

"이, 이런……."

그런데 정부에 찍혀서 정부의 공격이 들어오고, 인터넷에서는 자신들이 이번 사태의 주범인 것처럼 떠들어 대고 있다.

그나마 언론은 어떻게 입을 틀어막고 있지만, 그것만으로 대주주들을 속일 수는 없다.

"망했다."

둘의 입에서 동시에 한숨이 흘러나왔다.

⚖️

"우리는 이 문제에 대해 그냥 넘어갈 수가 없습니다. 일본의 기업이 국가의 전복을 시도한다?"

"아닙니다! 아니에요! 그건 오해입니다!"

"그러면 그 60억은 도대체 어디서 튀어나온 돈입니까?"

"그건 단순한 지원입니다."

"한두 푼도 아닌 60억을 단순 지원으로, 정체도 모르는 집단에 준다? 그게 기업인으로서 할 말입니까?"

"그게……."

"더군다나 그 기업이 반국가 단체? 지금 정신이 나간 겁니까?"

한국으로 치면 지원해 놓고 보니 거기서 김일성 장군 만세를 외친 꼴. 그러니 임원들은 심각하게 받아들이고 있었다.

'그리고……'

노형진은 회의를 조용히 바라보고 있었다.

이미 바람잡이는 넣어 놨고 그곳에서 적당히 처리하면 되는 거다.

쓸데없이 직접 나서서 뭔가를 흐트러트릴 이유는 없다.

"이게 다 회사의 혈통이 더러워서 생기는 일입니다."

혈통 이야기가 나오자 와락 얼굴을 일그러트리는 신동우와 신동성.

'그러겠지.'

저들은 한국인 혈통이다.

공식적으로 일본인이라고 할 수도 없다.

이름 자체가 신동우, 신동성. 한국인 이름이다.

"조센징 따위가 대일본국의 기업을 이끌다 보니 이런 멍청한 짓까지 한 거 아닙니까?"

"말도 안 되는 소리입니다. 혈통과 기업의 운영은 전혀 관계없습니다."

물론 그게 정상이다.

하지만 반대로 그게 비정상이기도 하다.

능력이 있다면 그가 중국인이든 베트남인이든 독일인이든 쓰는 게 기업이다.

그런 면에서 기업가의 혈통은 기업 자체와는 관련이 없다.

하지만 기업인으로서, 특히 폐쇄적인 일본 같은 곳의 기업인으로서는 또 중요하다.

왜냐하면 폐쇄적인 곳은 그 나름의 전통이 있고 그게 기업의 수익에 어마어마한 영향을 주기 때문이다.

독일에서 어마어마한 수익을 낸 사람이라고 해도 한국에서는 망할 수 있는 게 그 이유다.

'그런 면에서 일본은 진짜 갈라파고스화되어 있지.'

물론 그 바람잡이가 한 말은 그런 의미가 아니다.

"혈통이라니, 그게 무슨 뜬금없는 말입니까!"

"당연한 거 아닙니까? 당신들은 자랑스러운 일본 혈통이 아니라 조선인 혈통 아닌가요?"

"기업을 운영하는 데 있어서 그건 상관없습니다."

"글쎄요, 지금 상황은 그렇게 보기 힘든 듯합니다만. 기업이 난데없이 국가 전복 세력과 손잡는다는 게 정상으로 보입니까?"

"그건 말씀드렸다시피 단순 지원이었습니다."

"그러니까 지원의 목적이 없지 않습니까? 더군다나 공식 자금도 아닌 비자금으로 지원했다는 건, 결과적으로 그들과 비밀리에 회동을 가졌다는 거 아닌가요?"

"……."

"돈을 준 이유도 증명하지 못하는 상황에서 우리는 잘못 없다? 당장 일본 정부에서 신나게 때리고 있는 이 상황에서?"

바람잡이들은 고래고래 소리를 질렀다.

"당신들, 비국민 아니야?"

그 말에 얼굴을 와락 찡그리는 신동우와 신동성.

비국민.

일본에서 배척당하는 존재로, 조국에 충성하지 않는 자들을 비하하는 말이다.

"비국민이라니요!"

"그렇잖아? 아무리 그래도 그렇지, 어떻게 반국가 단체에 지원을 해 주냐고!"

몇몇 사람들이 고개를 끄덕거린다.

점점 많은 사람들이 묘한 표정으로 신동우와 신동성을 바라보았다.

"차라리 일본인을 전문 경영인으로 세우는 건 어떨까요?"

"맞습니다. 일본인을 전문 경영인으로 세웁시다."

갑자기 시작된 순수 혈통 타령에 신씨 일가는 어처구니없는 표정이 되었다.

"그게 말이나 됩니까?"

"그거랑 무슨 관계인데?"

물론 혈통과 상관없이 신씨 일가를 지원하는 사람들도 있었다.

그들은 말도 안 된다면서 선을 그으려고 했다.

하지만 이미 뒤숭숭해진 분위기는 걷잡을 수가 없었다.

"그러면 어쩌자는 겁니까?"

"일본인의 혈통을 회장으로 세우자니까요!"

"그게 가능할 리 없지 않습니까?"

우긴다고 회장이 생기는 건 아니다.

실적도 존재해야 하고 지지 세력도 있어야 한다.

그렇지 않다면 현실적으로 회장을 바꾸는 건 불가능하다.

"대안이 없는 건 아니죠."

그 와중에, 조용히 있던 남자가 일어났다.

물론 그도 노형진의 사주를 받은 사람이었다.

"대안이 있다고?"

"신동하, 그는 자신의 능력을 증명했습니다. 그리고 충분히 실적을 보여 줬지요. 또한 그는 그 누구보다 유명한 천황에 대한 충성파이고 일본인 어머니를 두고 있는 일본인입니다."

그 말에 모두의 눈이 커졌다.

"사실 그는 완전히 제로에서 시작해서 지금에 이르렀습니다. 능력은 인정된 거 아닙니까?"

"그건 그런데……."

"그 정도 능력이면 충분히 차기 운영자로 생각해도 된다고

봅니다."

"맞습니다. 신동하가 저 비국민들보다는 훨씬 나을 겁니다."

비국민 이미지가 뒤집어씌워지면서 상황이 묘하게 변하기 시작하자 신동성과 신동우는 얼굴을 잔뜩 찡그릴 수밖에 없었다.

⚖️

"상황이 진짜 돌변했네."

유민택은 혀를 내둘렀다.

갑자기 신동하의 지지 세력이 늘어난 것이다.

"그동안 극우 세력이 알음알음 주식을 모았으니까요."

물론 한번 그들이 신동하를 지지한 적은 있지만 그때는 신동성이 수를 써서 빠져나갔다.

하지만 이제는 대동에서 천황을 뒤집으려 했다는 소문이 돌고 있어 빠져나갈 수가 없게 되었고, 그 상황에서 천황을 지지한 것은 오로지 신동하뿐이다.

"결과적으로 일본 내 상당수 자산이 신동하를 지지하게 되었습니다. 특히나 극우 계열 자산은 말이지요."

그 결과는 상당히 흥미로워졌다.

한때 그저 무게 추 역할을 하는 데에만 만족해야 했던 신동하의 힘이 사실상 거의 신동우와 신동성 수준으로 커진 것이다.

"아마 그들은 서로 눈치를 보면서 머리가 깨질 것 같은 느낌일 겁니다."

한쪽을 공격하자니 나머지가 가만히 있을 리 없는데, 그렇다고 가만있자니 신동하가 점점 커질 가능성이 높다.

"생각보다 많이 커지진 않아서 아쉽군."

"대동쯤 되면 아무래도 일본 내 주주보다는 해외 주주가 더 많으니까요."

그렇다 보니 해외 주주들은 감정에 휘말리지 않는 편이다.

그래서 그들은 신동하보다는 자신들이 원래 지지하던 신동우와 신동성을 지지할 수밖에 없다.

"물론 신동하가 적당한 실적을 보여 준다면 이야기는 달라지겠지만요."

물론 그 안에서 실적뿐만 아니라 주주들에게 이득을 줘야할 것이고 말이다.

"어찌 되었건 이제야 세 사람이 공평한 싸움을 할 수 있게된 것 같군."

"맞습니다. 이제 남은 선택은 하나죠."

"쪼갤 것인가, 먹을 것인가?"

"그건…… 좀 생각을 해 봐야겠군요."

노형진과 유민택의 고민이 깊어지는 밤이었다.

가족이라면서?

가족.

사람들은 애완동물을 그렇게 말한다.

하지만 실제로 정작 그 애완동물을 끝까지 책임지는 사람들은 별로 없다.

애완동물이 죽을 때까지 책임지는 비율 40%.

그게 대한민국 자칭 애견인들의 민낯이다.

그들은 입으로는 '예쁘다.', '가족이다.'라고 말하고 조금만 문제가 생겨도 애견인을 무시한다고 화를 내지만, 정작 가족인 애견이 아프면 귀찮으니까 버리자는 마음을 품는다.

"대부분의 자칭 애견인들에게 애완동물은 일종의 액세서리 같은 겁니다. 심한 경우에는 3~4개월 단위로 애완동물을 바꾸는 놈도 봤어요."

"3~4개월요?"

"결국 모든 동물은 어릴 때가 가장 예쁘니까요."

그러니까 아기일 때는 예쁘다 예쁘다 하면서 키우다가 조금만 크면 쓰레기 취급하면서 내다 버린다는 거다.

"미친놈들이 많군요."

"그래서 저도 그만둬야 하나 고민 중입니다. 이 일을 하다 보니 인간 혐오에 걸리겠네요, 진짜."

얼굴이 핼쑥한 여자.

그녀는 새론 근처에 있는 동물 병원의 원장이었다.

"더 웃긴 건 이 상황에서 제가 그만둘 수도 없다는 거구요."

"확실히 애매한 상황이지요."

노형진은 고개를 끄덕거렸다.

그녀는 같은 건물에서 동물 병원과 애견 호텔을 동시에 운영하고 있다.

애견 호텔은 사람들이 여행을 가거나 어떠한 일로 당분간 애완동물을 데리고 있지 못하게 되는 경우에 잠깐 맡겨 두는 곳이다.

말 그대로 잠깐이지만, 현실은 그렇지 않다.

"가장 길게 맡겨 둔 게 1년입니다."

"1년요?"

"네. 그래서 죽을 맛입니다."

1년간 남의 애완동물을 데리고 있다는 건 절대로 쉬운 일이 아니다.

아무리 집에서 기르는 애완동물이라지만 자기 영역이 있기 마련이다. 그건 기본적인 동물의 본능이다.

그런데 애견 호텔이라고 하는 곳은 대부분 작은 장이 그 동물의 공간이다.

그나마 의사인 강수연이 하는 병원은 그녀 스스로가 애견인이기 때문에 최대한 공간을 확보해 주려고 노력은 한다.

하지만 결국 자본이라는 게 들어가는 이상 집에서 해 주는 것만큼 해 줄 수는 없다.

"그나마 직원들을 고용해서 산책이라도 시켜 주려고 노력은 하지만 그마저도 이제는 부담스러워요. 한두 마리가 아니니까."

"지금 보호하고 있는 개들의 숫자가 얼마나 됩니까?"

"정확하게 서른다섯 마리예요. 그중에 열두 마리가 보호 기간을 넘겼구요."

보호 기간을 넘겼다는 말. 그건 주인이 개를 버렸다는 걸 의미한다.

"우리뿐만이 아니에요. 애견 호텔을 같이 운영하는 병원들은 같은 문제로 고생하고 있어요."

"개들을 버리고 가는 거군요."

"네, 맞아요. 가족이라고 해 놓고 더는 볼 생각이 없어진 거죠."

"연락은 해 보셨나요?"

"해 봤지요."

아무리 멍청해도 자기가 키우던 개를 잃어버리는 주인은 없다.

시간이 지나도 찾아가지 않는 이유는 당연히 하나뿐이다. 개를 버린 것.

"대부분은 그냥 다른 집에 분양하라거나 안락사하라고 해요. 아예 번호를 차단하고 받지 않는 사람들도 많고요."

"하지만 현실적으로 그건 힘들죠?"

"힘들죠."

분양? 그렇게 버려지는 개들은 대부분 늙어서 힘이 없는 애들이다.

자기들에게 재롱을 떨 나이가 아니니까 치워 버리는 거다.

그런 힘없는 노견들이 분양될 리 없다.

설사 하고 싶다고 해도 개는 소유권이 있는 '물건'이다.

상대방이 넘기라고 했다고 해도 서류도 없이 넘기면 나중에 법적인 책임은 의사가 물어야 한다.

"안락사도 마찬가지이고요."

실제로 초보 의사가 멋모르고 진짜로 안락사시켰을 때 주인이라는 작자가 찾아와서 온갖 행패를 다 부리고 소송하는 바람에 온 동네에 소문이 나서 망한 병원도 있었다.

그 의사는 늙고 아픈 개가 주인에게까지 버림받은 것이 너무도 안타까운 마음에 그런 것이지만, 결국 그의 호의는 그 자신을 파멸하게 만들었다.

"그렇다고 안락사가 쉬운 것도 아니고."

안락사는 절대 쉬운 게 아니다.

개의 안락사에 쓰이는 약물은 반대로 말하면 인간을 죽일 수도 있는 약물이라는 소리다.

실제로 모 연예인이 그 약물로 죽은 사건도 있었다.

그렇다 보니 모든 약물은 그 관리를 철저하게 해야 한다.

당연히 독극물이다 보니 그 가격 역시 절대 적지 않다.

주인들은 귀찮다는 듯 간단하게 '안락사시켜 주세요.'라고 말할지 모르지만, 의사는 그 모든 기록을 남겨야 하며 그 과정에서 개의 사체 역시 처리해야 한다.

물론 법적으로 개의 사체는 일반 쓰레기로 분류되며 단순히 종량제 봉투에 담아서 버리면 되기는 하지만…….

"그 과정에서 우리가 받는 충격은 전혀 신경도 쓰지 않죠."

아무리 동물 병원을 한다고 하지만 멀쩡히 살아 있는 생물을, 그것도 감정을 주고받던 생물을 죽인다는 것은 절대로 마음이 편한 일이 아니다.

애초에 수의사라는 건 생명을 살리는 직업이지 죽이는 직업이 아니다. 당연히 대부분의 수의사들은 생명을 지키기 위해서 그 직업을 선택한 거다.

그런데 그런 수의사에게 생명을 죽이라고 하는 건 사실상 고문이나 마찬가지다.

치료하지 못해서 죽는 것과 멀쩡한 개를 죽이는 것은 전혀 다른 문제인 것이다.

"어떻게 보면 개를 키우다가 버린 주인보다 병원의 의사가 더 가슴 아프죠."

말하는 강수연의 목소리가 촉촉하게 젖어 왔다.

"그렇게 버려진 개가 안락사당할 때 보셨어요? 저항하지 않아요. 마치 다 안다는 것처럼 말이에요. 평소에 주사 하나에도 펄쩍펄쩍 뛰는 애들이 마치 버려진 걸 아는 것처럼 저항도 하지 않고 순순히 주사를 맞아요. 저항할 만큼 힘이 없는 것도 아닌데요."

"그래서 오신 거군요."

"맞아요. 물론 안락사 요구? 그거 녹음하면 돼요. 비용? 그 정도 못 벌 만큼 저, 능력 없지 않아요. 하지만 가족이라고 그렇게 애지중지한다고 온갖 쇼를 다 해 놓고, 더 이상 귀엽지 않다고 슬슬 아파서 병원을 다니기 시작한다고 그렇게 버려 버리는 거, 저는 더 이상 두고 보고 싶지 않더군요."

그 말에 노형진은 한참을 침묵을 지켰다.

그녀의 결심. 거기에는 다른 의미가 담겨 있으니까.

"그 말은, 만일 해결책이 나온다면 적극적으로 다른 병원들과 그 방법을 나누겠다는 말씀이시군요."

"당연한 거 아닌가요? 가족을 버리는 인간들은 애초에 동물을 키울 자격도 없어요."

'하긴, 참 웃긴 일이지.'

자기 부모조차도 버리는 인간들이 동물을 예뻐한다.

그러면 그 동물들을 책임질까?

그럴 리 없다. 그런 놈들은 대부분 동물이 커서 귀엽지 않게 되거나 조금만 아프면 가차 없이 안락사를 선택한다.

"독일같이 제대로 처리해야 하는데."

하지만 한국에서 애완동물은 제대로 된 보호 대상이 아니다.

정확하게는, 버려도 법적인 문제가 없는 '물건'이다.

물론 현행법상 동물 보호법이 있기는 하지만 그게 제대로 작동하지 않는다는 게 문제다.

현실적으로 법이 제대로 작동하지 않는데 그걸로 뭘 하는 건 한계가 있다.

"물론 저야 상관없습니다. 다만 그게 법률적 과정이 필요할 경우 가능하면 저희 새론과 같이해 주셨으면 합니다."

"그거야 당연하지요. 사실 새론만큼 일 잘하는 로펌은 별로 없잖아요."

"좋습니다. 그러면 의뢰를 받아들이지요."

노형진은 고개를 끄덕거렸다.

그녀가 부탁한 게 명확한 이상 자신이 주저할 필요는 없었다.

애초에 방법이 없는 것도 아니고 말이다.

"일단은 지금 병원에 있는 동물부터 하지요."

"일단?"

"네, 일단은 말입니다. 아, 물론 제가 지금부터 하려고 하는 행동은 단순히 동물 보호소에 있는 애완동물에 대한 것만은 아닙니다. 말씀하시는 걸 보니 그곳이 아닌 다른 곳에 유기하는 동물에 대한 보호법도 찾아내기를 원하시는 것 같아서요."

"가능하면 그러고 싶어요."

"그러니까 일단인 겁니다."

그 말에 강수연은 고개를 끄덕거렸다.

진짜 개만도 못한 놈들을 모두 다 처벌하고 싶지만, 결국 우선순위는 당장 자신에게 피해를 주는 것부터 해결하는 게 맞으니까.

"일단 병원으로 가지요. 상황을 봐야 알 수 있으니까요."

노형진은 그녀와 함께 병원으로 향했다.

1층은 병원이고, 2층은 애견 호텔 및 미용실이었다.

멍멍! 왈왈!

들어가자마자 난리법석을 떠는 동물들.

몇몇은 적대적인 모습을 보였지만 몇몇은 그다지 움직임이 없었다. 또 몇몇은 노형진을 보자마자 아주 미친 듯이 꼬리를 흔들면서 움직이고 있었고 말이다.

"생각보다 많네요."

"아무래도 요즘은 해외여행이 힘든 건 아니니까요."

　　해외여행을 갈 때 데리고 나갈 수는 없으니 잠깐 여기에 맡겨 보호하는 거다. 그건 그다지 어려운 일도 아니고 말이다.

"그러면 그 이후에는요?"

"대부분은 찾아가요. 다만 몇몇은……."

　　그대로 버려지는 거다.

"흠…… 하루 보관료가 얼마나 됩니까?"

"3만 원이에요."

　　노형진은 대화를 나누면서 주변을 스윽 둘러봤다.

　　몇몇 간호사들이 불안한 눈빛으로 이쪽을 바라보고 있었다.

"간호사들이 왜 저렇게 불안해하는 거지요?"

"보통 주인은 들어오자마자 자기 애완동물부터 찾거든요. 그러지 않는 경우는 그냥 살처분 요구하러 오는 경우라……."

"아아."

　　살처분, 즉 안락사다.

　　그마저도 직접 오기 귀찮아서 남을 보내는 경우도 종종 있다고 한다.

'어쩌면 차마 양심에 찔려서 못 오는 것일 수도 있겠지만.'

어느 쪽이든 무슨 상관이겠는가?

그들이 애완동물, 아니 그들의 표현을 빌리자면 가족을 버린 건 사실이니까.

그리고 그런 인간에게 노형진이 미안함을 느낄 필요는 없다.

"좋습니다. 일단 내려가지요. 혹시 그렇게 버려진 동물의 주인 연락처는 따로 보관하나요?"

"네. 사무실에 있어요."

강수연을 따라 아래쪽 사무실로 가자 곧 그녀가 제법 두툼한 서류철을 가지고 왔다.

"세 종류군요. 이건 뭐죠?"

서류철은 세 가지 색으로 구분되어 있었다.

빨간색, 파란색 그리고 노란색.

"파란색은 연락은 되는 사람들이에요. 하지만 누가 봐도 찾아갈 생각이 없는 사람들이지요. 그들은 처분을 하든가 아니면 입양을 보내라고 하더군요."

"노란색은요?"

"애초에 신분을 속인 사람들이죠. 작심하고 버리려고 한 거예요."

"이건 그리 많지는 않네요?"

"작심하고 버릴 생각 하고 병원에 오는 사람은 거의 없거든요. 그럴 거면 차라리 어디 도로변에 그냥 버리면 되는 거니까."

"무슨 뜻인지 알겠습니다. 마지막으로 빨간색은요?"

다른 것들보다 훨씬 많은 숫자의 서류들.

잠깐 봐도 백 개가 넘는 숫자들.

"이미 안락사당한 아이들이에요."

"아……."

주인이 찾아가지 않아서 결국 어쩔 수 없이 안락사시킨 동물들, 그 동물들에 대한 기록이었다.

'이 정도면 인간 불신에 걸리지 않는 게 이상한 수준인데?'

노형진은 혀를 끌끌 차며 생각했다.

애견 호텔 한 곳에서 이 정도 숫자가 나온다면 전국적으로 버려지는 숫자는 어마어마할 테니까.

"일단 그러면 파란색부터 해결하지요. 사실 이건 어렵지 않습니다."

"어떻게요?"

"우리에게는 민사라는 아주 좋은 제도가 있거든요."

상대방의 신분은 확실하다.

이미 몇 차례에 걸쳐서 애완동물을 찾아가라고 이야기했지만 그들은 절대 찾아갈 생각이 없다.

"아까 전에 하루 사용료가 3만 원이라고 하셨지요?"

"맞아요."

"그러면 보호 기간에 맞게 그걸 청구하면 그만입니다."

"하지만 안 주려고 할 텐데요?"

그 말에 노형진이 코웃음을 쳤다.

"제가 채권자를 여럿 만나 봤지만 돈이 있다고 자발적으로 주는 놈은 단 한 놈도 본 적이 없습니다. 돈이 있는데 안 주니까 당연히 압류를 거는 거지요."

"그러면 이 사람들은?"

"간단합니다. 재산압류를 걸어 버리면 그만입니다."

⚖️

"너 이거 뭐 하는 거야!"

노형진은 처음부터 소송할 생각은 없었다.

사건 자체가 너무 많았고, 다른 병원에서도 같은 방법을 쓰게 해 주려면 최대한 쉽게 쓸 수 있는 방법이어야 했기 때문이다.

그리고 그 방법 중 하나가 바로 내용증명이다.

내용증명은 몇천 원이면 보낼 수 있으며 그 위력에 있어서 단순히 전화와 다르기 때문에 상대방은 응할 수밖에 없다.

"누구십니까?"

"뭐? 병원비가 1,500만 원? 이 새끼가 미쳤나? 우리가 호구로 보여? 어?"

다짜고짜 와서 버럭 소리를 지르는 남자.

노형진은 그런 남자를 위아래로 스윽 살폈다. 제법 가격이 되는 양복과 신발 그리고 손목시계가 보였다.

'하긴, 당연한 건가?'

강수연이 운영하는 병원은 서울의 한복판에 있다.

당연히 그 주변에서 온다는 것은 나름 살 만한 사람들이라는 소리다.

"뭐가 잘못되었습니까?"

"병원비 1,500만 원에 이자까지 연 24%? 너 이 새끼 미쳤냐?"

노형진에게 길길이 날뛰는 남자.

노형진은 혀를 끌끌 찼다.

"뽀미, 병원에 두고 가셨잖습니까?"

뽀미는 그가 강수연의 병원에 버리고 간 몰티즈였다.

몰티즈는 예쁘기는 하지만 유전적으로 관절 부분이 약할 수밖에 없다. 그래서 그에 관련된 약과 그걸 막아 주는 사료를 계속 먹여야 한다.

그런다고 해도 완전히 막을 수는 없다.

그저 늦출 수 있을 뿐. 그건 유전적 문제이니까.

"그 개 새끼가 뭐!"

"뽀미를 맡긴 기간이 정확하게는 412일이시고요. 보호하는 과정에서 들어간 치료비를 포함해서 그 비용이 1,500만 원입니다. 아, 그리고 잘못 보신 모양인데, 현재도 보호 중이니까 하루에 3만 원씩 추가됩니다."

"너 이 새끼! 내가 누군지 알아!"

"알죠, 자강그룹 서진석 이사님."

모를 수가 있겠는가, 대놓고 주소와 신분을 적어 놓고 갔는데.

"그런데 알면서도 싸우자 이거지?"

"하아."

노형진은 한숨이 나왔다.

꼭 이런 사람이 있다.

자신이 누군지 아느냐면서 싸움을 거는 사람들.

대부분의 경우 변호사들은 이 경우 일단 상대방을 말리면서 좋게 협상하려고 한다.

'당연하기는 한데, 병신 같은 변호사들 때문에 이게 뭔 지랄맞은 일이야.'

그러는 이유는 간단하다.

현실적으로 많은 변호사들이 승소 비용을 챙긴다.

물론 얼마 전에 형사재판에서는 승소 비용이 불법이 되기는 했다.

애초에 변호사의 존재 이유가 의뢰인을 감옥에 보내지 않는 것인데, 거기에 승소 비용을 받는 것은 환자를 살려 냈다

고 의사가 돈을 받는 것만큼이나 황당한 일이라는 판단에서
였다.

하지만 여전히 민사소송에서는 승소 비용이 남아 있는데,
문제는 이 승소의 기준이다.

변호사들은 합의조차도 승소로 보기 때문이다.

그렇다 보니 상당수 변호사가 합의를 유도하고 그 과정에서
의뢰인에게 피해를 끼치며 그 후에 승소 비용까지 챙긴다.

그렇다 보니 대부분의 변호사는 상대방이 오면 일단 기분
을 맞춰 주면서 합의를 유도하려고 한다.

그리고 자강그룹 이사쯤 되면 그런 방식에 대해 모를 수가
없다.

"저기요, 여기는 새론입니다. 그런 말도 안 되는 소리를
하셔도 저희는 눈 하나 깜짝 안 해요."

"말도 안 되는? 이 새끼가 미쳤나? 너 지금 자강그룹이 만
만해 보여! 어?"

"아니, 이 사건은 자강그룹하고는 전혀 상관없는 사건이
지 않습니까? 안 그래요? 자강그룹은 자강그룹이고 저희는
저희죠."

"이 새끼야! 내가 이사야! 내 말 한마디면 그룹 차원에서
너 같은 새끼들 날려 버리는 건 일도 아니야!"

"하아."

노형진은 한숨을 푹 쉬었다.

꼭 이런 인간들이 있다.

아니, 한국에서 이사쯤 되면 대부분 이런 놈들이라고 봐도 무방하다.

자신이 이사니까 자신이 곧 기업이라는 거다.

'그러니까 라면 가지고 사람 때리고 땅콩 가지고 비행기 회항시키는 거지.'

노형진은 혀를 끌끌 찼다.

이런 인간이 입을 다물게 하는 방법은 의외로 간단하다.

"그러니까 지금 꼭 이걸 자강그룹과 저희 문제로 확대하셔야겠다 이겁니까? 애초에 이 금액은 정당한 청구액이고 자강그룹의 이사시면 한 달 월급 정도밖에 안 될 텐데? 그냥 주시죠."

"웃기는 소리! 어디다 대고 사기질이야!"

버럭버럭하는 서진석.

그는 노형진이 움츠러든다고 생각한 모양이었다.

"그러면 공식적으로 자강그룹 이사로서 싸우시겠다, 이거죠?"

"그래!"

"알겠습니다. 여기."

노형진은 스윽 종이를 내밀었다.

그걸 본 서진석은 눈을 찌푸렸다.

"뭐 하자는 거야?"

"자강그룹 이사로서 싸운다고 공식적으로 천명하셔야 저희도 자강그룹과 싸울 준비를 하지요. 그러니 각서 하나 써주셨으면 하는데요."

노형진은 히죽 웃으며 말했다.

어디 써 볼 테면 써 보라는 의미다.

'쓸 수 있을 리가 있나.'

짖는 개는 물지 않는다, 그게 노형진의 생각이다.

당장 눈앞에서는 자신의 소속을 밝히면서 싸울 것처럼 외치지만 현실적으로 그는 싸울 자신이 없다.

그렇기에 노형진은 종이를 내민 것이다.

입으로 떠드는 것과 종이에 적는 것은 그 무게가 다르다.

"쓰시지 않을 거라면 그냥 배상하시지요. 재판해 봐야 재판비용밖에 더 나옵니까?"

"이익!"

서진석은 노형진의 도발에 눈이 돌아갔다.

결국 종이를 낚아채고는 거기에다 끄적거렸다.

"그래서 네가 뭘 어쩔 건데? 이제 자강그룹하고 싸울 수 있겠네!"

그는 자신 있게 말했다.

'그래도 실권 정도는 있나 본데?'

그냥 실권 없는 이사라면 여기서 꼬리를 만다.

그런데 노형진이 도발했다고는 하나 거기에 사인을 했다

는 것, 그건 그래도 나름 내부에 압력을 행사할 정도의 힘은 있다는 거다.

'하지만 거기가 거기지, 뭐.'

노형진은 어깨를 으쓱했다.

"그러면 저희도 공식적으로 대응해야겠네요."

"해 봐, 이 새끼야! 내가 너희 같은 변호사 새끼를 뭐 한두 번 대하는 줄 알아!"

"아, 변호사 새끼라는 말은 인정하는데요, 전 다른 변호사 새끼랑은 좀 다를 겁니다."

노형진은 히죽거리면서 웃었다.

그리고 서진석이 보는 앞에서 전화번호를 스윽 찾았다. 만일을 대비해서 미리 준비한 번호다.

물론 상대방은 이 번호를 노형진이 왜 알고 있는지 모르겠지만.

"전면전입니다. 아시죠? 후회 안 하시죠?"

"해! 해보라고!"

악을 쓰는 서진석에게 노형진은 고개를 끄덕거리면서 전화기를 들고 번호를 눌렀다.

─네, 자강그룹 전략기획실입니다.

"안녕하십니까? 여기는 마이스터 한국 대리인인 법무 법인 새론의 노형진 변호사입니다."

─마이스터요?

목소리에서 흠칫하는 느낌이 든다.

하긴 전략기획실같이 중요 부서에서 일하는 사람이 마이스터를 모르지는 않을 테니까.

"네. 방금 귀사의 이사님이 오셔서 저희한테 선전포고를 하셨거든요."

─네? 그게 무슨 말씀이신지요?

"귀사의 이사가 와서 저희 새론과 마이스터에 공식적으로 선전포고를 하고 가셨다는 겁니다. 그러니까 이제 저희 마이스터는 현 시간부로 자강그룹과 전쟁을……."

갑자기 통화가 끊겼다.

노형진이 돌아보니 사색이 된 서진석이 수화기 버튼을 누르고 있었다.

"왜 그러십니까?"

"아니…… 지금 뭐 하는……."

"전면전이라면서요? 아무런 상관 없는 자강도 이사님을 위해 저희한테 전면전을 선포하는데, 저도 마이스터 정도는 써야 대등한 싸움이 될 것 같아서요."

"아, 아닙니다. 그럴 필요는 없습니다. 합의하겠습니다. 합의……."

"아니요. 그러실 필요 없습니다. 이참에 뭐 자강그룹 좀 털어먹어 보죠. 자강그룹을 털면 얼마나 나오려나?"

"손해배상도 하겠습니다."

거의 울다시피 말하는 서진석을 보면서 노형진은 씩 웃었다.

"정신적 치료비도요?"

"그, 그럼요! 하하하."

서진석은 웃고 있었지만 눈에는 눈물이 흐르고 있었다.

"아주 가루가 되도록 까이고 지방으로 발령받았다고 하네요."

서진석은 분명 회사에서 능력이 있는 사람이었을 것이다. 그렇지 않다면 현실적으로 그가 이사까지 갈 수도 없다.

더군다나 그는 회장의 핏줄도 아니니까.

"그런데 왜 그런 무리한 짓을 했는지 모르겠네요."

강수연은 이해가 안 간다는 듯 말했다.

"보통 성공하는 사람들이 많이 하는 실수 중 하나입니다. 성공해서 기업에서 다 고개를 숙이면, 그 회사가 자신을 위해 뭐든 다 해 줄 것 같거든요. 하지만 이런 말이 있지요. 정승 집 개가 죽으면 사람들이 찾아와도 정승이 죽으면 안 찾아온다고."

그가 이사이고 회사 내부에서 큰 지지를 받는다고 하지만, 그건 어디까지나 회사에 도움이 되기 때문이다.

회사에 도움이 되지 않는다면 당연히 그는 해직 대상이다.

더군다나 이번 일같이 사고를 크게 치면?

대놓고 나가라는 소리밖에 안 나온다.

그나마 그동안의 실적이 나쁘지 않아서 좌천으로 끝난 것이다.

이사급은 법적으로 자리가 보장되지 않으니까.

"그래도 3천만 원은 좀……."

노형진이 그에게서 받아 낸 돈은 3천만 원. 예상보다 훨씬 더 많은 돈이다.

"뭐, 자기가 내겠다는데 어쩌겠습니까?"

노형진은 어깨를 으쓱했다.

그는 사건을 덮기 위해 빌고 빌어야 했고, 노형진은 당연히 정신적 위자료까지 왕창 뜯어냈다.

합의란 말 그대로 당사자끼리의 이야기이기 때문에 그걸 가지고 뭐라고 할 수 있는 사람은 없으니까.

"다른 사건들도 현지 사건은 진행 중입니다. 대부분은 어렵지 않게 돈을 받아 낼 수 있을 거라 생각합니다."

"하지만 여전히 전화해서 그냥 안락사시키라고 하는 인간들이 너무 많아서요."

"전에도 말씀드렸다시피 무시하면 됩니다. 엄밀하게 말하면 지금 데리고 계신 아이들은 담보물이니까요."

"담보물요?"

"그렇습니다."

담보물. 그 보관료를 청구하는 대상이기도 하지만 객체로서 지금 애견 호텔에서 보호하고 있는 강아지들은 담보물로서의 성격도 가지고 있다.

"현행법상 우리가 담보물의 가치를 훼손하는 건 불법입니다."

"그쪽에서 요구해도요?"

"네, 그쪽에서 요구한다고 해도요."

그러지 않으면 담보물의 가치가 유지되지 않기 때문이다.

"일단 주지 않으면 압류를 걸면 됩니다."

"하지만……."

입술을 깨무는 강수연.

잠시 후 그녀는 자신이 고민하는 문제를 솔직하게 이야기했다.

"이런 해결 방식에는 한 가지 문제점이 있어요."

"개들의 생존 문제군요."

저들은 개들이 귀찮다는 이유로 병원에 버리고 갔다. 그리고 후에 무조건 안락사를 요구하는 상황이다.

"애석하게도 그 부분에 대해서는 저도 한계가 있습니다. 감정적인 교류야 그렇다고 해도, 법적으로 애완동물은 결국 그저 물건일 뿐입니다."

보관료 명목으로 어느 정도의 돈을 받아 낼 수는 있지만 소유권이라는 게 있는 이상 아무리 노형진이라고 해도 그들이 그 대상에 대해 하는 행동까지 막을 수는 없다.

"물론 소유권을 어떻게 빼앗아 올 수는 있겠지만······."

그건 어렵지 않다.

그들과 싸울 때 애초에 소유권을 포기하는 식으로 약간의 협상을 하면 그들은 귀찮아서라도 개에 대한 소유권을 포기할 것이다.

"하지만 그걸 책임지는 것은 전혀 다른 문제죠."

"하아."

어른들은 아이들이 개를 키우자고 하면 일단 반대한다.

그 이유가 뭘까? 어른들은 다 개를 싫어해서?

아니다. 도리어 그런 어른들은 개에 대해 책임감을 느끼기 때문에 신중하게 대하는 거다.

"물론 개들이 불쌍하기는 합니다만, 그 책임을 지는 건 전혀 다른 문제이지요."

"그건 알죠. 저희들만큼 잘 아는 사람들이 어디 있을까요?"

돈을 많이 버는 직업이니까 수의사를 한다는 사람들도 있을지 모르지만 대부분은 동물이 좋아서 그 일을 하는 사람들이다.

그리고 대부분의 동물 병원에서 겪는 가장 큰 문제 중 하나가 바로 버려진 동물에 대한 처분이다.

'아무래도 사람들의 얄팍한 양심이 문제거든.'

키우다가 개가 아프면 당연히 치료를 해 줘야 한다.

하지만 그 대신에 동물 병원에 버리고, 본인은 '동물 병원에 버렸으니 거기서 알아서 잘 치료해 주고 입양도 보내 주겠지.'라고 생각하며 어리고 귀여운 다른 동물을 입양한다.

"그런 아이들이 가면 어떤 꼴을 당할지……."

"압니다. 그래도 어쩔 수 없이 돌려보내야 합니다."

노형진의 말에 강수연은 한숨으로 자신의 심정을 대변했다.

사람은 말이라도 하지 동물은 말조차도 못한다.

"물론 약간의 편법을 쓴다면 그 문제를 해결할 수 있겠지만요."

"편법요?"

강수연이 눈을 반짝이며 노형진을 쳐다보았다.

"아까 말씀하셨잖습니까, 돌아가면 무슨 꼴을 당할지 뻔하다고."

"네."

"그에 관련된 규정이 있거든요."

노형진은 씩 웃었다.

⚖

깨갱, 깨갱!

"이런 씨펄! 다 죽어 가는 개 새끼를 왜 끌고 온 거야?"

구태욱은 개를 내려다보며 눈을 찡그렸다.

그를 본 개는 반갑다며 다가왔지만 그는 개를 발로 차 버렸다.

"씨발, 이 새끼 때문에 300만 원이나 손해 봤잖아!"

한때는 예쁜 강아지였을지 모르나 이제는 나이 먹어서 눈도 거의 안 보이는 상황이다.

원래대로라면 병원에서 진단받고 안락사라도 시킬 수 있었겠지만, 구태욱은 그 돈이 아까워서 슬쩍 병원에 남겨 두고 왔다가 소송이 걸렸다.

그 바람에 안락사 비용보다 도리어 보호 비용이 더 나와 구태욱은 짜증이 났다.

"여보, 그냥 가져다 버리자."

"에이, 씨발. 그랬어야 하는데. 어디 고속도로에다가 버렸으면 그대로 깔려서 죽었을 텐데. 내일 가져다 버리지, 뭐."

그들은 아파서 비명을 지르는 개를 보면서 짜증스럽게 말했다.

"아오, 300만 원. 씨발, 그 돈이면…… 씨발, 씨발."

개가 낑낑거리자 다시금 화가 난 구태욱이 발길질을 하려고 하는 그때였다.

누군가 문을 두들기는 소리가 들렸다.

"누굽니까?"

"경찰입니다."

"경찰?"

"그렇습니다."

그 말에 구태욱은 뭔가 하고 문을 열었다.

경찰들이 서 있었다.

"무슨 일이시지요?"

"여기서 동물 학대가 이루어지고 있다고 하던데요."

"뭐요?"

"신고가 들어왔습니다, 동물 학대가 이루어지고 있다고."

"무슨 말도 안 되는 소리야? 우리가 왜 동물을 학대해?"

"제가 들은 상황은 좀 다르던데요. 아주 온 동네에 개가 짖는 소리가 가득하다더군요."

"개 새끼가 짖으니까 개 새끼지!"

구태욱은 발끈하려다가 경찰 뒤에 있는 사람을 발견했다.

"넌?"

그가 개를 버렸던 병원의 원장이었다.

"잠깐 들어가서 확인해 봐도 될까요?"

"무슨 말도 안 되는 개소리야? 누가 들여보내 준대?"

"동물 학대가 벌어지고 있다면 확인해 봐야겠어요."

"누구 마음대로?"

애석하게도 동물 학대는 현행법상의 강제 진입 요건이 되지 않는다.

그러나 방법이 없는 것은 아니었다.

-깨갱, 깨갱.

강수연의 핸드폰에서 나오는 개의 처절한 비명 소리.

"이거 들으셨지요?"

"이, 이거 뭐 하자는 거야?"

"뭐 하자는 거긴요. 당신을 동물 보호법 위반으로 고발하는 거지."

"동물 보호법?"

"개는 생명체예요. 설마 당신 마음대로 할 수 있을 거라 생각했나요?"

개는 물건이다. 그래서 주인에게 소유권이 있고 또 그걸 관리할 권한도 주인에게 있다.

하지만 반대로 개는 어느 정도의 감정과 이성을 가진 동물로서 법적으로 보호받는 대상이기도 하다.

"정식으로 고발이 들어왔으니 같이 가 주셔야겠습니다."

"무슨 개 같은 소리냐! 개 새끼가 짖었다고 내가 왜 처벌받아야 해?"

"단순히 개가 짖는 게 문제가 아니죠. 당신 같은 사람이 하는 짓거리 때문에 동물 보호법이 있으니까."

"허, 참 나."

기가 막혀서 구태욱은 아무 말도 하지 못했다.

"같이 가시죠."

"씨발! 못 가! 안 가!"

저항하려고 하는 구태욱.

지켜보던 경찰은 그 말에 수갑을 꺼내 들었다.

"동행을 거부하신다면 강제 연행하겠습니다."

"뭐? 고작 개 새끼 때문에?"

"고작 개 새끼가 아니죠."

강수연은 입에서 개만도 못한 새끼라는 욕이 나오려는 걸 애써 참고 있었다.

"씨발."

구태욱은 짜증스럽게 문밖으로 나왔다.

"그리고 개도 데리고 와요."

그 말에 아내가 떨떠름한 표정으로 바닥에 나뒹굴고 있던 개를 끌고 왔다.

개는 강수연이 다가가자 알아보고는 힘겹게 꼬리를 흔들었다.

주인은 아니라고 하지만 자신을 보살펴 준 사람이라는 걸 알아차린 것이다.

"역시…… 늑골이 부러졌어요."

"현행범으로 체포하겠습니다. 동행하시죠."

"아니, 씨발. 이제는 내 개 새끼도 내 마음대로 못 해?"

"원래부터 당신 마음대로 못 했습니다."

강수연은 입술을 깨물고 현장을 벗어났다.

저들이 처벌받는 건 나중 문제고, 지금은 개가 아프니 병원에 가야 하니까.

"일단 동물 보호법으로 제대로 처리했어요. 아이는 구했고요."

"다행이기는 하지만…… 후회하실지도 모릅니다."

노형진은 진지하게 말했다.

그는 의뢰인을 위해 최선을 다하는 변호사다.

하지만 그게 언제나 의뢰인에게 좋은 결과를 가지고 오는 것은 아니다.

"알아요. 그 아이의 병원비는 제가 내야겠지요."

강수연은 느긋하게 찻잔을 입에 올리며 말했다.

"하지만 다른 아이들은 몰라도 그 아이는 진짜 위험했어요."

"이해합니다."

그래도 다른 사람의 동물은 버림은 받았을지언정 학대의 흔적은 없었다.

하지만 그 강아지는 올 때부터 학대의 흔적이 많았고 결국 일이 이 지경이 된 것이다.

"그런 놈은 개 좀 못 키우게 하면 좋은데 말이죠."

"그럴 리가 있나요. 우리나라는 돈만 있으면 뭐든 할 수 있는데요."

"하아."

결국 이번 사건도 벌금으로 끝날 게 뻔하다.

그나마 다행인 것은 그 사건 이후에 구태욱이 개의 소유권을 포기해서 더 이상 강아지가 두들겨 맞지 않아도 된다는 정도일 것이다.

"그런데 어쩐 일로 오셨습니까? 이번 일은 끝난 것 같은데요."

병원에 개를 맡긴 자들은 대충 처리했다.

막대한 개들의 보관료와 치료비에 대해 버리고 간 자들에게 민사소송을 했고, 그들은 어쩔 수 없이 그 돈을 토해 냈다.

사실 노형진에게 오기에는 너무 간단한 사건이었다.

"사실은 다른 부탁을 하려고요."

"다른 부탁요?"

"제가 동물 보호 단체를 이끌고 있어요, 홈 케어라고."

"그런가요?"

사실 동물 병원 원장이, 그것도 여유가 되는 원장이 그런 동물 보호 단체를 이끄는 건 그다지 이상하지 않다.

애초에 수의사라는 것 자체가 동물을 좋아하는 사람들이 선택하는 직업 중 하나니까.

"그러면……."

노형진은 잠깐 고민하다가 미소 지었다.

"애초에 저한테 맡기시려고 한 건 앞서 의뢰한 사건들이 아니라는 거군요."

"물론 그것들은 다른 사람에게 맡겨도 충분히 할 수 있는 사건이지요."

노형진이 좀 더 힘쓰기는 했지만 엄밀하게 말하면 이건 단순 민사소송에 들어가는 일이고 상대방이 주지 않으면 그냥 압류만 하면 되는 간단한 사건이었다.

"하긴 저한테 오기에는 좀 사건이 너무 단순하다 싶었지요."

그러자 강수연의 눈가에 그늘이 졌다.

"미안해요, 원래는 그러면 안 된다는 걸 아는데……."

"아닙니다. 저희 직원들은 그렇게 만만한 사람들이 아니거든요."

"네?"

"진짜 그렇게 단순한 돈 문제였다면 아무리 부탁을 하셔도 저한테는 오지 않습니다. 그런데도 불구하고 직원들이 저한테 배당했다는 건, 그 사건 자체가 상당한 난이도가 있다는 거죠."

"으음……."

"그런데 그걸 따로 사건을 맡긴다고 하시는 걸 보면, 뭐 저희 입장에서는 변호사비 두 번 내시겠다는 거니까."

그런 거라면 자신들이 뭐라고 하겠는가, 자기 돈 자기가 쓰겠다는데.

"더군다나 그렇게 테스트 아닌 테스트까지 해 보셨다는 건 사건 자체가 상당히 힘들 거라는 뜻이고, 다른 사람들은 거절했다는 거죠."

"눈치가 빠르시네요?"

"그렇지 않으면 이 생활을 못하니까요."

노형진은 마지막 찻물을 삼키고는 자세를 바로 했다.

"그러면 진짜 사건에 대해 한번 이야기를 들어 볼까요?"

그 말에 강수연도 자세를 바로 했다. 그리고 조심스럽게 입을 열었다.

"홈 케어는 저뿐만 아니라 여러 수의사들이 모여서 만든 단체예요."

"확실히 파급력은 다른 동물 보호 단체보다 강하겠네요."

그리고 의사들이 모였으니 자금력도 될 것이다.

"그 정도면 어지간한 문제는 다 해결할 수 있을 거라 생각하는데요?"

"어지간한 문제라면 그렇지요. 하지만 동물 보호소 문제에 관해서 상당히 곤란한 상황이에요."

"동물 보호소?"

"네. 저희는 지금까지 동물 보호소에서 죽어 가는 동물들을 구하기 위해 최선을 다해 왔어요. 그런데 현실적으로 방법이 없었죠."

"으음…… 그건 법으로 정해진 부분이니까요."

동물 보호소.

말이 좋아서 동물 '보호소'인 거지 현실적으로 말하면 동물 살처분소라고 부르는 게 맞다.

법률에 의하면 동물 보호소에 들어간 동물은 열흘간의 공시를 통해 주인을 찾거나 입양하려는 대상을 찾게 된다.

그리고 그 기간 내에 주인이 나오지 않거나 입양되지 않는 경우 안락사 처리가 된다.

"우리는 공식적으로는 독일식의 시스템을 원하고 있어요."

"확실히 독일이 이 문제에 관해서는 상당히 발전되어 있지요."

독일의 동물 보호소는 친동물적이고 법률에 의해 살처분이 금지되어 있다.

애완동물의 입양을 원하는 사람들은 동물 보호소에 가장 먼저 가야 하며 새끼 동물을 원한다고 해도 법률에서 정한 모든 절차를 밟아야 한다.

"하지만 한국은 그게 불가능하지요. 설마 저한테 그걸 부탁하시려는 거라면 그건 아무리 저라 해도 불가능합니다."

노형진은 고개를 흔들었다.

"저도 만능은 아니라서요."

"물론 그건 저희 홈 케어의 목표일 뿐이에요. 그리고 그걸 재판으로 어떻게 할 수 없다는 것도 알고 있고요."

"그러면 무슨 일로……?"

그 말에 잠깐 침묵을 지키던 강수연이 조심스럽게 입을 열었다.

"동물 보호소 중에서 상당수가 불법적으로 운영되고 있어요."

"불법이라……."

"이런 말 하기는 그렇지만 그런 곳에서 일하는 수의사는……."

"무슨 뜻인지 압니다."

동물이 좋아서 수의사가 된 사람들은 거기에서 절대 못 버틴다.

매주 수십 마리의 동물이 죽어 나가는데 그걸 어떻게 버틴단 말인가?

실제로 중국에는 동물을 좋아해서 수의사가 되었지만 그곳에서 일하게 된 어떤 여성이 죄책감을 이겨 내지 못하고 결국 자신들이 동물들을 죽일 때 썼던 약물로 자살한 사건이 있었다.

"그 부분이 화가 나시는 건가요? 하지만 변호사인 제 입장에서는 그분들은 필요악입니다. 수십만 마리의 동물들을 다 보호할 수는 없으니까요."

"저도 현실은 알아요. 그래서 그들에 대해 뭐라고 하지는 않겠어요. 일부는 하기 싫어도 해야 하는 사람도 있을 테니까요."

강수연의 말에 노형진의 얼굴에 의문의 빛이 떠올랐다.

"그런데 그러면 저를 찾아올 이유가 없는데요?"

"제가 노 변호사님을 찾아온 건, 말씀드렸듯이 그중에서 불법적으로 운영되는 동물 보호소에 대해 해결하기 위해서예요."

"좀 더 자세히 설명해 주시겠습니까?"

"원래 모든 동물의 마지막은 법률에서 정한 대로 결정하도록 되어 있어요."

"그건 알고 있습니다."

노형진은 고개를 끄덕거렸다.

심지어 구제역이 돌아서 돼지 살처분을 하게 되는 경우에도 법률에 의해 해야 한다.

"그 규정을 지키지 않는 곳이 있다는 이야기가 있어요."

"네? 그게 무슨 말입니까?"

"성도동물보호소라는 곳이에요. 그곳에서 여러모로 의심스러운 게 많아요."

"으음……."

노형진은 그 말을 듣다가 살짝 눈을 찡그렸다.

특정 보호소의 이름이 나왔다는 것은 그쪽에 대한 제보가 들어왔다는 거다.

"가령?"

"가령이 아니에요. 얼마 전 들어온 확실한 제보예요. 그곳에서 새끼 고양이들을 얼려 죽였다고 해요."

"얼려 죽였다고요?"

"네."

"고양이를 왜 얼려 죽입니까?"

분명 규정에 의하면 약물 아니면 가스에 의한 처리만 인정되고 있다.

하물며 작은 새끼 고양이들은 상대적으로 다 큰 동물들에 비해 인기가 많다. 그래서 적극적으로 홍보하면 충분히 입양이 가능하다.

그런데 그런 새끼 고양이들을 얼려 죽였다고?

"겨울에 바깥에 내놓기라도 한 겁니까?"

"그게……."

강수현은 말을 못 하고 한참을 한숨만 푹푹 쉬었다.

결국 강수연이 입을 열었을 때, 노형진은 그녀가 그럴 만하다는 걸 인정할 수밖에 없었다.

"그 미친놈이…… 냉장고에 넣었대요."

"뭐라고요?"

"태어난 지 채 하루도 안 된 고양이들을."

태어난 지 하루도 안 된 고양이들. 그 새끼 고양이들을 냉장고의 냉동실에 넣어 그대로 얼려 죽였다는 것이다.

"그러면 그 어미는…… 그 꼴을 본 거죠."

"미친 새끼."

노형진은 가능하면 의뢰인 앞에서는 욕을 하지 않으려고 한다. 하지만 이놈은 진짜 진성 미친놈이었다.

"그 이유가 되게 웃긴 게…… 귀찮아서래요."

"귀찮다고요?"

"아무래도 그러면 서류 작업량이 늘어나니까."

실제로 동물 보호소에 들어와서 출산하는 동물들은 제법 많다.

보통 동물 보호소에서 동물을 잡으러 가면 대부분은 도망가지만 임신 중, 특히 출산이 얼마 남지 않은 경우는 대부분 도망가지 못하기 때문이다.

"그래서 새끼들이 태어났는데, 규정대로 처분하려면 보고서를 쓰고 독극물에 관해 서류를 다시 작성해야 하니까요."

어찌 되었건 그건 사람을 죽일 수도 있는 독극물이니 정부에서도 관리할 수밖에 없다.

그래서 그 사용량 자체를 무척 빡빡하게 처리하고 그와 관련된 내용 자체도 꼼꼼하게 남겨야 한다.

그러니까 새끼 고양이가 태어났다고 하면 그와 관련된 서류를 작성하고 따로 독극물을 사용해서 죽여야 한다는 거다.

"이해가 가지 않는데요. 새끼 고양이라면서요?"

이미 다 자란 데다 아프기까지 한 동물이라면 사람들이 관심도 안 보이겠지만 새끼 고양이?

그런 존재라면 입양해 갈 사람은 많다.

설사 아니라고 해도 임보, 그러니까 임시 보호를 해서 그 새끼를 지켜 주려고 하는 사람들은 분명 존재한다.

"그래서 문제예요. 고발해 봤지만……."

"묵살이군요."

노형진은 그녀가 자신에게 온 이유를 알았다.

이런 사건은 고발을 해 봐야 사실 제대로 처벌받지 않는다.

동물 보호법? 물론 그걸 적용할 수는 있다.

하지만 그걸 어떻게 증명한단 말인가?

거기는 동물 보호소. 한 달에 수십, 수백 마리가 죽어 나가는 지옥이다.

"도대체 그 제보가 어떻게 들어온 겁니까?"

"자원봉사를 갔던 학생이 한 명 있었어요."

그는 수의사가 되기 위해 수의대학원에 다니는 학생이었고 그 동물 보호소에 자원봉사를 다녔다고 한다.

슬픈 일이지만 누군가는 해야 하는 일이라고 생각해서였다.

그런 자원봉사자에게 배당되는 업무 중 하나가 바로 그렇게 처리된 동물의 사체 처리다.

"처음에는 몰랐다고 해요."

그는 새끼 고양이들마저 그렇게 죽어야 하는 한국 사회의 애완 문화를 탓할 수밖에 없었다고 한다.

그래서 눈물을 머금고 새끼 고양이들의 사체를 치우려고 했는데…….

"거기서 익숙한 냉기가 느껴진 거죠."

"익숙한 냉기?"

"수의대학이라고 해서 해부를 하지 않는 건 아니니까요."

"아…….."

자연사한 것과는 전혀 다른, 진짜 완전히 섬찟한 냉기가 작은 고양이들에게서 느껴졌다고 한다.

수의대학에서는 해부를 하려면 동물의 사체가 있어야 하는데, 그걸 길바닥에 보관할 수는 없으니 당연히 냉장고에 보관한다.

바로 그 냉기에 학생은 흠칫한 것이다.

그래서 그 부분에 대해 그곳의 수의사에게 따졌다고 한다.

그런데 정작 그곳의 수의사는 적반하장으로 화를 내고 다시는 오지 말라고 했다고 한다.

"그곳에서 일하는 수의사는 공무원 아닌가요?"

"맞아요. 그런데 공무원이 자원봉사자를 그런 식으로 대하는 건 말도 안 되죠."

"하지만 그것만으로 동물을 얼려 죽였다고 판단하는 건 무리 아닙니까?"

"단순히 그것뿐이었다면 그랬겠지요."

하지만 나오기 전에 그는 가능성이 있는 곳을 뒤져 보았다.

아니, 생각해 보면 뻔하다.

"냉장고를 열어 보니 고양이 털이 나왔다고 하더군요."

그런 거라면 분명 가능성이 있다.

그러나 다른 가능성 역시 존재한다는 걸 부정할 수는 없다.

"죽은 고양이를 거기에 보관했을 수도 있지 않을까요?"

"이미 해부도 해 봤어요. 사인은 분명히 동상이에요."

"하아."

확실히 생명을 다루는 직업은 스스로를 잘 관리해야 한다.

그러지 않으면 생명의 가치 자체가 너무나 약해지기 때문이다.

"그 부분에 대해 고발은 하셨지만 검찰에서는 혐의 없음으로 나왔다?"

"뻔하죠. 제대로 조사할 리 없죠."

노형진은 그 말에 고개를 끄덕거렸다.

맞다. 대형 사건도 아니고 이런 사건은 검찰도 조사하지 않는다.

그건 경찰도 마찬가지다.

사람들이 죽어 나가는 사건이 넘쳐 나는데 동물이 얼어 죽었다고 누가 조사하겠는가?

"하지만 문제는 그런 게 아니군요."

사이코패스는 동물에서 시작해서 인간으로 넘어간다.

물론 그 수의사가 사이코패스라는 것은 아니다.

하지만 최소한의 규정도 지키지 않는다면 뒤에서 무슨 짓을 하고 있을지 모른다.

"민원도 넣어 봤지만……."

"동물 보호 단체에서 동물 보호소에 민원을 넣는 거야 뭐 일상이니까."

당연히 관리 주체인 지방자치단체에서도 철저하게 씹었을 것이다.

"알겠습니다."

노형진은 강수연의 말에 고개를 끄덕거렸다.

"이 사건은 제가 한번 파고들어 보지요."

⚖

노형진은 성도동물보호소로 향했다.

그곳을 담당하는 책임자를 만나기 위해였다.

물론 공식적으로 수사를 위해 찾아갈 수는 없었다.

하지만 노형진에게는 여러 가지 가면이 있고, 그 가면 중 하나를 쓰는 건 어려운 일이 아니었다.

"유기 동물을 찾아 주는 쪽으로 말입니다."

그건 다름 아닌 유기 동물을 보호하면서 정식으로 주인에게서 그 돈을 받자는 것이다.

사실 사람들이 잘 모르는 규정이 있는데, 동물 보호법에 따르면 각 지방자치단체가 만든 동물 보호소에서는 학대나 유기 상태에 있는 동물을 보호할 수 있으며 그 과정에 소요된 치료비와 식비 등 보호비를 원래 주인에게 청구할 수 있다.

물론 그걸 지키는 단체 자체가 없다.

일단 유기 동물의 주인을 찾는 것은 쉬운 일이 아니거니와 당연히 주지 않을 게 뻔하기 때문이다.

그걸 받아 내기 위해서는 무조건 소송을 거쳐야 하는데 그런 경우에 재판비용이 더 드니까.

그리고 그런 식으로 하면 혹시나 다음 선거에서 표가 떨어질 가능성이 높기 때문에 대부분 이 법을 지키지 않아서 사문화된 법이었다.

'물론 사문화된 법이라고 하지만 그걸 지키라고 주장하는 건 전혀 다른 문제니까.'

노형진은 사회단체의 일원으로서 성도동물보호소의 곽차식에게 그런 계획을 설득하기 위해 온 것이다.

단순히 동물을 살처분만 하는 게 아니라 진짜 제대로 보호하는 보호소로서 활동하자고 말이다.

물론 공식적인 의견은 그랬다.

"하아, 그게 쉽지 않습니다, 애초에 작정하고 버리는 거라."

하지만 당연히 곽차식은 부정적이었다.

당연하다. 만일 하게 되면 그 일을 떠맡는 건 그 자신일 테니까.

"하지만 그 대상을 고발하는 건 어려운 일이 아니지요."

사람들은 유기라고 하면 그냥 버리는 행위일 뿐이라고 생각하지만 동물을 버리는 건 명백하게 동물 보호법 위반이다.

"노 변호사님, 그런다고 해서 그치들이 바뀌는 건 아닙니다."

곽차식은 말도 안 된다는 듯 고개를 흔들었다.

"저희도 많이 노력해 봤습니다. 하지만 그런 놈들이 진짜…… 어휴……."

"방법이 없는 건 아니지 않습니까? 사회단체에서 정부에 압박을 넣어서 피하 장치형으로 등록을 바꿔야 합니다. 그러기 위해서는 여기서부터 작게라도 시작해야 하고요."

옛날에는 동물을 버리면 주인을 찾을 방법이 없었다.

하지만 이제는 아니다.

법이 바뀐 후에 모든 동물은 몸에 칩을 심어야 한다.

그래서 그걸로 주인을 찾을 수가 있다.

그런데 문제는 이게 말장난이라는 거다.

신호 장치는 두 가지 종류가 있다.

하나는 피하 이식, 하나는 개목걸이 형식.

그런데 이게 얼마나 멍청한 짓이냐면, 애초에 이 법을 만든 이유가 동물의 유기를 막기 위해서다.

그런데 개목걸이 형태를 선택한 경우 원하면 언제든지 빼서 버리면 그만이다.

결과적으로 동물의 유기를 막기 위해 만든 법이 전혀 효과를 발휘하지 못하는 것이다.

그걸 막는 가장 확실한 방법은 피하 주사식이다.

피하 주사식은 고장이 잦은 편이라 주기적으로 확인해 줘야 한다는 부분은 있지만 말이다.

"물론 알고 있습니다. 그러니까 조금씩이라도……."

"아, 그건 저희와 같은 작은 곳에서 할 수 있는 게 아닙니다. 차라리 국회의원을 찾아가든가 하세요."

자신은 관여하지 않겠다고 딱 선을 그어 버리는 곽차식.

"알겠습니다."

노형진은 그 말에 고개를 끄덕거렸다.

사실 그걸 시도해 보자고 이야기는 꺼낼 수 있지만 안 되는 건 당연한 일이다.

결국 그도 공무원이고, 이 정도 변화를 이루어 내기 위해서는 위에서 명령이 내려와야 하니까.

"그러면 다른 거라도 가능할지 모르겠네요."

"다른 거요?"

"네. 아무래도 이런 곳에 있는 아이들은 입양이 최선 아닙니까?"

"그렇지요. 그렇지 않으면 안락사니까."

"그러면 여기에 인터넷을 연결해서 활동하는 영상을 틀어주는 건 어떨까요?"

"무슨 말도 안 되는 소리요?"

"아무래도 단순한 사진보다는 움직이고 활동하는 애완동물의 모습이 사람들의 마음에 더 와닿지 않겠습니까?"

물론 그건 사실이다.

하지만 노형진은 곽차식이 이 제안 역시 거절할 거라는 것도 안다.

"그건 힘듭니다. 직원들의 인권 문제도 있고."

'인권? 지랄 같은 소리 하고 자빠졌네.'

노형진은 여기에 오기 전에 한번 인터넷 사이트를 뒤져 보았다.

그리고 그 사이트를 보면서 혀를 내둘렀다.

현행법상 이런 동물 보호소에 들어온 동물은 입양시키기 위해 최대한 노력해야 하는데, 그중 하나가 홈페이지에 사진과 성격 등을 표시하는 거다.

'그런데 무슨 표시가 그따위야?'

사진을 잘 찍는 거? 그런 건 바라지도 않는다.

하지만 입양을 위한 최소한의 정보는 제공해야 한다.

그리고 입양을 생각하는 사람이 제일 중요하게 생각하는 것은 다름 아닌 동물의 성격이다.

기본적으로 모든 동물은 저마다 성격이 있다.

위험한 동물은 안락사가 맞지만 성격 좋은 동물은 최대한 입양시켜 줘야 한다.

'그런데 여기에 있는 동물의 80%가 사나움이라니.'

그건 말도 안 된다.

개라는 종을 생각하면 그런 수치가 나올 수가 없다.

80%가 사납다면 그게 개인가? 늑대지.

물론 갑자기 끌려온 상황에 당황해서 몸부림칠 수도 있다.

하지만 유기 동물들은 대부분 인간에 의해 버려진 것이다. 그래서 그런 동물들은 동시에 인간의 손길을 갈구한다.

어떤 미친놈은 고양이에게 자유를 준다고 풀어 준다지만, 그건 그 고양이를 죽이는 행위다.

고양이는 영역 동물이고 생각보다 적응력이 뛰어나지 못하다. 외부의 영역에 버려진, 인간이 기르던 고양이는 100% 죽는다고 봐야 한다.

그래서 그런 고양이들은 인간이 다가가서 정을 주면 애교를 부리며 다가온다.

하물며 고양이도 그런데 개의 80%가 사나움?

'그냥 대충 채워 넣는 거지.'

작은 정보지만 그것만 가지고도 눈앞에 있는 사람의 성향을 알 수 있었다.

그에게 있어서는 입양 자체도 귀찮은 거다.

입양을 보내기 위해서는 그가 수의사로서 여러 가지 일을 해야 하니까.

하지만 한 생명을 죽이는 건 쉽다.

"아무래도 그건 안 될 것 같습니다. 이런 건 제가 아니라 위에다가 물어보셔야 할 것 같습니다."

무엇도 하기 싫어하는 전형적인 인간.

"알겠습니다. 아쉽네요. 다른 파트너를 찾아보도록 하겠습니다."

"기회가 되면 같이 일하면 좋겠네요, 하하하."

"언젠가 같이 일할 기회가 있을지도 모르지요."

노형진은 그렇게 말하면서 일어나 악수를 위해 손을 내밀었다.

"그랬으면 좋겠네요."

부드러운 웃음을 지으면서 노형진의 손을 잡는 곽차식.

하지만 그 순간, 노형진은 눈을 부릅뜰 수밖에 없었다.

'이런 미친 새끼.'

차마 입에서 나올 수 없는 욕이 노형진의 목구멍에 덜커덕 걸려 버렸다.

짐승 그 이하

　노형진의 사이코메트리는 일반적으로 본인이 원하지 않으
면 작동하지 않는다.

　그런데 곽차식의 손을 잡는 순간 들어온 기억은 구역질이
날 정도였다.

　"뭐라고요? 사료요?"

　"그렇습니다."

　노형진은 강수연을 보고 고개를 끄덕거렸다.

　그는 사료 업계에 대해 잘 모른다. 그래서 그걸 잘 아는 강
수연에게 이야기할 수밖에 없었다.

　그만큼 충격적인 일이었으니까.

"해피니스푸드라는 곳 아십니까?"

"해…… 해피니스푸드라고 하면 유기농 사료로 유명한 곳이에요. 한국에서도 제법 큰 곳인데…… 설마……?"

"정보가 맞는다면 곽차식은 그들과 손잡고 있습니다. 해피니스가 손잡고 있는 곳이 몇 곳이나 될는지는 알 수가 없지만요."

그 말을 들은 강수연은 손을 바들바들 떨었다.

해피니스푸드의 사료는 그녀의 병원에서도 취급한다.

유기농 사료라서 상당히 고가이지만, 많은 주인들이 좋은 걸 먹이겠다고 그걸 사서 자기 애완동물에게 먹인다.

"그런데…… 죽은 동물들을 거기에다가 납품한다고요?"

"정확하게는 죽인 동물이겠지요."

노형진은 긴 한숨을 쉬었다.

사람이라면 당연히 그렇게 유기된 아이들을 어떻게 해서든 입양시켜서 살리려고 하는 게 정상이다.

그런데 성도동물보호소의 곽차식은 입양시키기 위한 최소한의 노력도 하지 않았다.

그게 이상하다는 생각은 했다.

"유기된 동물의 사체를 사료용으로 판매하고 있다는 정보가 있습니다."

사실 정보 정도가 아니다. 노형진이 곽차식의 손을 잡는 순간 들어온 기억이다.

"어떻게 그럴 수가 있지요?"

"돈이 된다면 뭐든 하는 게 인간이니까요."

유기견을 분양해 봤자 곽차식에게 돈이 들어오는 건 아니다.

하지만 죽여서 사료용으로 팔면 돈이 생긴다.

그렇다 보니 곽차식은 유기 동물이 입양되는 것을 최대한 막아야 했고, 그래서 인터넷 홈페이지에 동물의 성격을 무조건 사나움으로 변경해서 올렸던 것이다.

"애완동물의 사체를 사료용으로 쓰는 건 불법이지요."

누군가는 애완동물의 고기나 소, 돼지의 고기나 그게 그거 아니냐고 할지도 모른다.

그러나 심적으로 봤을 때도 다르고 법적으로 봤을 때도 다르다.

애초에 식용의 목적에 맞춰서 키워지고 관리되는 소나 돼지 또는 닭이나 오리 등과 달리 안전이나 기타 건강의 문제도 있다.

"이런 유기된 동물의 사체는 질병에 감염된 경우도 있고 심장사상충 같은 것도 있을 수 있으니까요. 물론 가공하는 과정에서 어떻게 처리될지는 모르지만……."

"아니, 애완동물들이었다고요! 그걸 그렇게 잔인하게 처리하는데 걱정하는 게 고작 질병에 대한 건가요?"

"저는 변호사입니다. 물론 죽은 동물들이 인간과 감정을 나누던 반려동물인 건 압니다만, 애초에 버린 건 자칭 동물 애호가라 주장하는 인간들입니다. 애석하게도 현재 제 입장에서 따질 수 있는 건 감정의 교류가 아니라 법적인 문제의 지적일 뿐입니다."

그 말에 강수연은 입술을 깨물었다.

노형진의 말이 맞기 때문이다.

키우던 사람들에게 버려진 이상 애완동물들은 그저 물건에 지나지 않는다.

"그리고 이 경우는 동물 보호법에 해당되지 않습니다."

동물 보호법은 동물의 학대에 대해 처벌하는 법이다.

그러나 곽차식은 확실하게 동물 보호 기간을 지킨 후 처분했기 때문에 동물 보호법을 어긴 것은 아니다.

"그러면 이놈을 처벌할 수는 없다는 건가요?"

"처벌 자체는 쉽습니다. 경찰에 신고만 해도 되지요."

동물 보호법에는 저촉되지 않지만 다른 법에는 저촉되는 게 많다.

일단 제대로 업무를 처리하지 않았으니 업무상 배임에서부터, 판매할 수 없는 고기를 판매했으니 유통에 관한 죄까지.

"그건 제가 아니라 검찰에서 알아서 조져 줄 겁니다."

"그러면 당장 그들에게 신고해야지요! 여기서 이야기만 하고 있으면 어떻게 해요!"

당장 일어나서 경찰서로 가려고 하는 강수연을, 노형진은 붙잡으며 말렸다.

"물론 그럴 수도 있습니다만, 이참에 분위기를 바꿔 보실 생각 없습니까?"

"네? 그게 무슨 말씀이시죠?"

"애초에 저한테 의뢰한 게 뭔지 기억하시죠?"

"그건……."

강수연이 노형진에게 의뢰한 것은 동물 보호소에 있는 동물들에 대한 문제였다.

"곽차식이 어쩌다 우리 레이더에 걸린 것은 사실이나, 애초의 의뢰 목적은 동물 보호소에서 무차별적으로 이루어지고 있는 안락사 문제의 해결이었지요."

"……."

"속하신 동물 보호 단체에서도 그걸 해결해 달라고 이야기가 나온 거 아니었나요?"

"그거야 그런데……."

"그러면 의뢰하신 사건의 해결책은 뭐라고 생각하십니까? 법으로 어떻게 할 수 있다고 생각하시나요? 죄송합니다만, 그건 불가능합니다."

그들의 안락사는 법률 안에서 이루어지고 있다. 그렇기에 그걸 막을 수는 없다.

"이 경우는 법을 바꿔서 막아야 합니다."

"도대체 뭘 말하고 싶으신 거죠?"

"공론화하고, 정치인들에게 압력을 가하고, 궁극적으로 법을 바꿔야지요."

많이 바꿀 필요도 없다.

당장 목걸이와 피하 주사, 두 가지의 인식 방법을 선택이 아니라 둘 다 강제하는 방법으로 나간다면 유기 동물의 숫자는 어마어마하게 줄어들 수밖에 없다.

"당장 유기 동물의 존재가 인식된다면 어떻게 될 것 같습니까? 전에도 말씀드렸다시피 그 경우 아무리 버렸다고 해도 그 관리 비용은 그 주인이었던 자가 지급해야 합니다."

지금까지는 사법화되어 있던 법. 그걸 부활시키기 위해서는 국민들의 절대적 지지가 필요하다.

"이건 기회입니다."

"구역질 나는군요."

강수연은 노형진에게 차갑게 말했다.

애완동물들의 목숨이 달린 일을 기회라고 표현하는 노형진이 너무 차갑게 느껴졌다.

"구역질 난다고 하셔도 어쩔 수 없습니다. 그게 법입니다. 법에는 눈물이 있어야 한다고 하지만, 법은 사람이 아닙니다. 눈물이 없지요. 다만 정치의 기회가 있을 뿐입니다."

"하지만……."

"동물 보호 운동을 해 보셨으니 아실 겁니다. 캠페인으로는 세상이 바뀌지 않습니다. 물론 조금씩 점진적으로 바뀔 수는 있겠지요. 하지만 그게 얼마나 걸릴까요? 10년? 20년?"

노형진은 진지하게 말했다.

그는 인간과 싸우기에 인간의 본성을 안다.

"그리고 이런 말씀 드리긴 죄송합니다만, 현실적으로 동물을 버리는 인간들이 변할 것 같습니까?"

그들은 결코 변하지 않는다.

애초에 그런 놈들은 애완동물을 장식용으로만 생각한다.

그런 자들이 과연 뭔가를 보고 '아, 이게 잘못된 행동이구나.'라고 생각할까?

"애초에 그런 인간들이 애완동물을 버리는 행동이 잘못된 거라는 걸 몰라서 그런다고 생각하시는 건 아니죠?"

당연히 안다. 대놓고 캠페인을 하지 않을 뿐 이미 방송에서도 그런 이야기가 수백 수천 번 나왔다.

"하지만 분양된 동물의 70%는 버려지지요."

"……."

반려동물을 버리는 사람이 70%가 아니다.

정상적인 집은 한번 동물을 들이면 십수년간 같이 살아간다.

하지만 이런 자들은 길어 봤자 1년, 짧으면 6개월 단위로 동물을 갈아 치운다. 다 커서 더는 예쁘지 않다는 이유 하나만으로.

그런 집들이 대략 20% 정도라고 하지만, 거의 대부분의 유기 동물들은 거기서 나온다.

"그걸 강제로 잡기 전에는 법적으로 어떻게 할 수 있는 일은 없습니다. 그리고 그걸 바꾸기 위한 유일한 방법은 법을 바꾸는 거지요."

노형진의 말에 한참 침묵을 지키던 강수연은 결국 다시 자리에 앉았다.

"때로는 뜨거운 가슴보다는 차가운 머리가 필요할지도 모르겠네요. 그러면 어떻게 하실 생각이세요?"

"방송을 합시다. 해피니스를 이용해서 동물 보호소들을 모조리 털어 버릴 겁니다."

"방송요?"

"네."

노형진은 고개를 끄덕거렸다.

"주체를 바꾸면 됩니다. 그건 어려운 일이 아니지요."

이번 사건의 핵심 주체는 곽차식과 성도동물보호소다.

분명 그는 죽은 동물을 사료용으로 판매하고 있다.

"그렇다면 주체를 바꿔서 생각해 보지요. 해피니스가 그 사체를 사는 이유는 원가를 낮추기 위해서입니다. 그러면 그 원가를 낮추기 위한 노력을, 성도동물보호소에서만 하려고 할까요?"

옛말에 처음이 어렵지 두 번째는 쉽다는 말이 있다.

만일 성도동물보호소에서 그런 식으로 유기 동물의 사체를 납품한다면 해피니스는 다른 곳에서도 납품받으려고 할 것이다. 돈을 아낄 수 있으니까.

"그걸 이용해서 제대로 동물 보호소들을 한번 털어 버리고 나면 동물 보호 단체들에서도 강제적 피하 주사에 대한 운동을 제대로 할 수 있겠지요."

국민들도 방송을 본 후에는 당연히 편들어 줄 테고 말이다.

"버리는 사람들은 결국 20%입니다. 나머지 80%의 사람들은 피하 주사를 거부하지 않을 겁니다. 도리어 찬성하겠지요."

그들은 정상적인 인간이며 또 진짜 동물들을 아끼니까.

"정치권에서는 80%의 표를 거부하지 못할 겁니다."

법적으로 해결한다고 하면 기껏해야 곽차식과 해피니스가 처벌받는 선에서 끝날 것이다.

"그리고 해피니스가 작은 규모가 아니라고 하셨지요?"

"한국 사료계에서는 제법 큰 규모예요."

"단순 사건이라면 로비를 통해 덮을 수도 있습니다."

공적으로 드러나지 않은 사건과 드러난 사건에 대한 대우는 무척이나 큰 차이를 가진다.

"해피니스의 규모에 따라 다르겠지만, 충분한 뇌물은 얼마든지 사건을 없는 것으로 만들 수 있지요."

"하지만 언론에서 가만둘까요?"

"언론에는 뭐라고 주장하실 겁니까?"

"네?"

"그때 가서 우리가 할 수 있는 건 기자회견뿐입니다. 물론 그것도 효과가 없는 건 아니지만, 사회적인 이슈를 만들어 내기에는 부족합니다."

노형진은 그렇게 말하면서 눈을 가리켰다.

"인간은 자신의 눈으로 직접 본 것에 집착합니다. 기자회견은 우리의 입장을 발표하는 자리일 뿐입니다. 만일 고발을 하려 한다면 제대로 현장을 보여 줘야 합니다."

그 말에 강수연은 입술을 깨물었다.

노형진의 말이 틀린 말은 없었으니까.

"하지만 그 동물들이……."

"지금 우리가 신고한다고 해서 그 동물들의 죽음을 막을 수는 없습니다."

법으로 정해진 안락사 기간이 있다.

그건 경찰에 신고한다고 해도 진행될 일이다. 설사 곽차식이 아니라고 할지라도 말이다.

"그 애들의 죽음은 슬프지만, 어차피 막을 수 없다면 최대한 이용하는 게 중요합니다."

그 말에 강수연은 우울한 표정으로 고개를 끄덕거렸다.

"부탁드릴게요."

"기꺼이 해 드리지요."

노형진은 자신 있게 말했다.

언론의 주요 임무 중 하나는 뭘까?

바로 사회적 고발이다.

웃고 떠드는 것도 있지만, 사회적 고발을 통해 더 좋은 세상을 만들려고 하는 것도 있다.

물론 정치권에서는 그러한 사회적 고발 프로그램을 좋아하지 않는다.

한편으로는 없애려고 하고 또 한편으로는 이용하려고 한다. 자신들과 관련 없는 고발을 이슈화함으로써 자신들의 부패를 감추는 용도로 말이다.

'딱 이런 사건 말이지.'

노형진은 눈앞에 있는 사람을 보면서 미소를 지었다.

모 방송국의 윤중식 PD였다.

"말씀하신 게 사실입니까?"

어용 방송인으로 유명하지만 그만큼 능력은 있다.

'그리고 이 사람을 통하면 사회적으로 논란을 만들어 낼 수 있다.'

그래서 노형진이 수많은 고발 프로그램 중에서도 이 프로를 고른 것이다.

그가 때리기 시작하면 모든 언론에서 신나게 물어뜯을 테니까.

"해피니스푸드는 여러 곳의 동물 보호소에서 동물의 사체를 넘겨받아 가공 처리하는 것 같습니다. 그걸 경찰에 신고할 수도 있지만, 그럴 경우 해피니스에서 사건을 은폐하려 들 가능성이 높기에 일단 증거 확보 차원에서 방송에서 촬영하는 게 맞는 것 같군요."

윤중식은 고개를 끄덕거렸다.

"잘 오셨습니다. 촬영 팀을 바로 준비하지요."

말하는 윤중식의 눈에서는 빛이 반짝거렸다.

안 그래도 정부에서 저지른 실책을 감추기 위해 뭔가 하나 터트리라는 말이 나오는 중이었다.

그런데 어지간한 건 다 터트린 상태인 데다가 어용 PD가 그 자신만 있는 것도 아니었다.

그렇다 보니 마땅한 소재가 없어서 좀 곤란한 상황이었는데 노형진이 스스로 적절한 소재를 가지고 온 것이다.

"일단 제가 알아낸 곳은 성도동물보호소뿐이니, 그곳에서부터 시작하지요."

성도동물보호소에서 그 많은 사체들을 모두 직접 가져다주지는 않을 것이다.

"아마도 회수 차량은 해피니스에서 운영할 테니까, 일단 그 회수 차량을 추적하면서 몰래 촬영하면 될 것 같습니다."

윤중식은 눈을 번득이면서 대답했다.

⚖

각 방송국은 감시용 카메라를 설치할 만한 장비가 있다.

대부분의 동물 보호소는 여러 가지 문제로 인해 시 외곽에 자리 잡는 경우가 많았기에 왔다 갔다 하는 차들을 감시하는 건 어려운 일이 아니었다.

윤중식 PD는 마치 일반 승합차처럼 생긴 촬영용 차량에서 피곤한 눈으로 카메라를 바라보았다.

"혹시 잘못 알고 오신 거 아닌가요? 아니, 사흘째 아무런 행동도 없는데."

노형진의 말대로라면 이쯤 되면 무슨 반응이 있어야 한다.

그런데 아무런 움직임이 없자 그는 노형진을 미심쩍은 표정으로 바라보았다.

"사실입니다. 사흘간 단 한 번도 연기가 안 나오지 않았습니까?"

"연기요?"

"네. 애완동물의 사체는 엄밀하게 말하면 소각 처리 대상입니다."

그게 여의치 않은 경우 일반 쓰레기로 배출하게 되어 있는

데, 일반 쓰레기가 바로 소각 대상이기 때문이다.

"그런데 저런 곳은 아무래도 일반 쓰레기로 버릴 수가 없지요."

그래서 내부에 작은 소각로를 두고 사체를 태우는 게 일상이다.

"그런데 사흘간 한 번도 소각되는 연기가 올라온 적이 없습니다."

소각로가 큰 것도 아니거니와 유기 동물의 사체를 보관할 이유도 없음에도 전혀 연기가 올라오지 않는다는 사실에, 노형진은 자신이 예상한 게 맞다고 확신하던 차였다.

"아마도 조만간 올 것 같은데……. 잠깐만, 저거 아닙니까?"

"네? 저거요?"

"저 앞에 들어가는 차요."

성도동물보호소 안으로 들어가는 한 대의 탑차.

앞쪽이 아니라 뒤쪽의 주차장으로 향하고 있었다.

"아…… 저거…… 저거……! 들어가서 잡을 수도 없고."

"드론 없습니까?"

"드론? 아! 드론이 있지!"

다급하게 드론을 띄워서 탑차를 찍기 시작하는 윤중식 PD.

잠시 후 모니터에, 뒤쪽 주차장에서 탑차로 옮겨지는 정체 모를 포대 자루들이 보였다.

"저건……?"

뭔가 얼어 있는 듯 딱딱하게 보이는 물건들.

그런 포대 자루 몇 개가 옮겨진 후에 다시 그 안에서 다른 게 나왔다.

"저건 대형 견종이군요."

체구가 작은 견종이나 고양이 같은 것들은 포대로 옮기고 덩치가 큰 대형 견종들은 그냥 차로 옮기는 모양이었다.

딱딱하게 굳어 있는 걸 봐서는 이미 사후경직이 이루어진 후인 듯했다.

"이놈들 도대체가……."

노형진은 그걸 보면서 혀를 끌끌 찼다.

이미 기억을 읽어서 예상은 했지만 두 눈으로 직접 보자 비참함이 더했다.

"잠시만요."

노형진은 그걸 보다가 뭔가 생각난 듯 화면을 콕 찍었다.

"여기 좀 확대해 보세요."

"거기요? 거긴 아무것도 없는데요."

"그래서 드리는 말씀입니다."

노형진의 말에 그 부분을 확대하는 드론 조종사.

"역시 그렇군요."

"뭐가 말입니까?"

노형진의 말에 눈을 반짝이는 윤중식 PD.

"만일 저 탑차가 냉동 탑차라면 저 자리에 실외기가 올라가 있어야 합니다."

"실외기? 아, 그러네요. 저 위치가 보통 실외기 자리니까. 잠깐만, 그럼 저건 일반 탑차라는 거네요?"

"네, 그런 거죠."

"이 날씨에요?"

어이가 없다는 표정으로 바깥을 바라보는 사람들.

한창 뜨거운 여름까지는 아니지만 그래도 상당히 더운 날씨다.

더군다나 탑차라는 건 사실상 철로 만든 상자인지라 그 안은 더 뜨거울 수밖에 없다.

"이게 사실이면……?"

"그러고 보니 저런 동물 보호소에는 대형 냉장고가 없겠군요."

사흘간 바깥에 방치된 동물들의 사체.

그리고 뜨거운 탑차를 이용해서 옮겨지는 과정.

"이 시간이면 부패가 시작되었을 텐데."

그래서 그런지 그걸 옮기는 사람들은 마스크를 쓰고 있었다.

"뭐, 유기농? 유기농 같은 소리 하고 자빠졌네."

탑차에는 아무런 표시도 없지만 노형진은 그 차가 유기농을 주장하는 해피니스푸드의 차라는 걸 이미 알고 있었다.

"여기서 바로 돌아갈까요?"

"그건 모르지요."

그러는 사이에 사체를 다 옮긴 사람들.

그중 한 명이 주머니에서 현금을 꺼내어 상대방에게 건넸다.

그 돈을 받는 사람은 마스크를 쓰고 있었지만 곽차식이라는 걸 알아보는 건 그다지 어렵지 않았다.

"현금으로 주고받는군요."

"불법이니까 계좌로 주고받지는 못할 겁니다."

두 사람은 익숙한 듯 서로에게 인사했고, 차는 천천히 성도동물보호소를 빠져나왔다.

"저거 바로 따라가! 조용히, 안 걸리게!"

그 말에 운전석에 있던 사람이 고개를 끄덕거리고는 시동을 걸었다.

"과연 어디로 갈까요?"

"글쎄요."

노형진은 앞서 나가는 탑차를 보면서 조그맣게 중얼거렸다.

"하지만 여기가 끝은 아닐 것 같네요."

⚖️

결론적으로 그 탑차는 성도뿐만 아니라 총 네 곳의 동물 보호소를 돌아다녔다.

그곳에서의 일은 똑같았다.

보호소마다 돌아다니면서 현금을 주고 사체들을 넘겨받았다.

그렇게 한참을 돌아다닌 차량은 드디어 산속에 있는 어느 창고 비슷한 곳으로 향했다.

"이거 무슨 냄새야?"

사람이 거의 없는 산속.

그런데 왠지 모를 퀴퀴한 냄새가 주변에 가득 차 있었다.

노형진은 낯설면서도 익숙한 냄새에 눈을 찡그렸다.

'이거 어디서 맡아 본 적이 있는데.'

하지만 아무래도 떠오르지가 않아, 고약한 냄새에 애써 숨을 참으며 기억을 더듬어야 했다.

"진짜 이 냄새 엄청 심하네요."

"뭐가 타는 냄새 같은데."

"타는 냄새……? 아!"

그 순간 노형진의 머릿속에서 이 냄새가 무엇인지 떠올랐다.

얼마 전 사건을 추적하던 중 동물들을 폐건물에 가두어 두고 불을 지른 걸 보았다.

일종의 살인의 예행연습이었는데, 그때 그 건물 안에서 나던 노린내였다.

"이거 털을 태우는 냄새 같은데요?"

"털?"

"그, 개 잡아먹는 사람들이 털을 태우거나 그러지 않습니까?"

"아! 그러네요!"

노형진의 말에 윤중식은 바로 고개를 끄덕거렸다.

요즘 도시에서 살아온 사람들은 잘 모르는 냄새일 테지만 노형진은 사건 때문에 기억에 있었던 것.

"그러면 저 창고는……?"

"아마도 가공하는 곳이겠지요."

"몰래 접근할 수 있겠습니까?"

"일단 지금은 어렵겠네요. 하지만 밤에는 아무도 없을 것 같으니까 밤에 시도해 보죠."

노형진은 그 말에 고개를 끄덕거렸다.

⚖️

다행히도 밤이 되자 그곳은 텅텅 비었다.

훔쳐 갈 게 없다고 생각해서 그런지 최소한의 경비원도 없이 모조리 다 퇴근해 버렸다.

노형진은 카메라 팀과 함께 주변을 둘러봤지만 별도의 보안 시설은 따로 없는 듯했다.

"들어가서 촬영하는 건 좀 애매한데."

잠겨 있는 문을 부수고 무단으로 들어갈 수는 없다.

취재와 별도로, 문을 부수고 들어가는 것은 불법이다.

"흠……."

노형진은 주변을 두리번거렸다.

그들이 이 안에서 뭔가 작업을 하는 것은 사실이다.

그러면 그 이후에는 어떻게 될까?

'들어갈 수 없다면, 나와 있는 걸 찍으면 되는 거지.'

냄새로 추측해 봤을 때 건물 안에서 이루어지는 일은 동물들의 사체를 그을리는 과정일 것이다. 그리고 그 후에…….

"도축하겠네요."

"네?"

"아무리 그을렸다고 해도 애완동물의 형태는 소나 돼지와는 좀 다르죠. 그걸 그대로 쓰지는 않을 겁니다. 당연히 발골을 해서 고기만 쓸 겁니다. 이 뒤쪽으로 돌아가 보죠."

창고 뒤쪽으로 간 노형진은 건물에서 좀 떨어진 곳에 따로 놓여 있는 커다란 냉장고를 발견했다.

"역시나."

도축된 고기를 바로 가지고 갈 수는 없다. 그렇다고 그걸 마냥 쌓아 두면 진짜 썩어 버린다.

이미 썩기 시작한 상황에서 그걸 보관하려면 방법은 하나뿐이다.

"냉장고네요."

그것도 초대형 냉장고.

정확하게 표현하자면 냉장실이라고 표현하는 게 맞을 것이다.

"따로 안 잠겼네."

문손잡이로 고정이 되어 있을 뿐 냉장실은 딱히 잠겨 있는 상황은 아니었다.

"문만 안 부수면 되는 거 아니겠습니까?"

노형진은 그렇게 말하면서 냉장실을 열었다.

그러자 그 안에 보이는, 잔뜩 쌓여 있는 정체 모를 고기들.

"음……."

냉장실임에도 냄새가 날 정도로 그 안에는 많은 양이 쌓여 있었다.

"이거 완전히 미친놈들 아니야?"

윤중식은 눈을 크게 뜨고 내부를 촬영하며 말했다.

이미 발골이 되어서 본래의 형태를 알 수는 없었지만…….

"확실히 이 정도면 나라가 뒤집어질 겁니다."

윤중식은 잔뜩 흥분한 표정이었다.

보고 있던 노형진은 그런 그에게 한 가지 팁을 더 줬다.

"고기만으로는 원래 형태를 알 수가 없죠. 그러니 다른 걸 찾아봅시다."

"다른 거요?"

"뼈는 어디 있을까요?"

소나 돼지는 뼈까지 먹는다. 하지만 애완동물의 뼈는 과연 어떻게 할 것인가?

"그렇겠네요."

뼈의 형태를 보면 그게 어떤 동물인지 수의사들은 바로 아니까. 그 증언을 첨부하면 된다.

"이 주변을 뒤져 보죠."

안쪽을 충분히 촬영한 촬영 팀은 바깥으로 나가서 촬영을 시작했다.

그리고 얼마 지나지 않아서 근처에 산더미같이 쌓여 있는 뼈들을 발견할 수 있었다.

"도대체 얼마나 죽인 거야?"

작은 간이 창고로 보이는 공간.

그 공간에는 어마어마한 양의 뼈들이 포대 자루에 들어간 채로 꽉꽉 채워져 있었다.

아마도 어느 정도 양이 쌓이면 모종의 장소로 가져다 버리는 모양이었다.

"증거는 이 정도면 충분할 것 같군요."

"증거?"

"내부도 찍어야 하지 않겠습니까? 이걸 가지고 경찰에 신고하면 영장이 나오는 건 어렵지 않을 겁니다."

"아!"

영장이 나온 후 그 촬영 협조를 받아 내는 건 어려운 일이 아니었다.

일단 영장이 나오는 순간 촬영의 협조는 해피니스가 아니라 경찰들의 영역이 되니까.

"바로 영장을 청구하시죠. 혹시 아는 분 계신가요? 무조건 조용히 처리해야 하는데."

물론 노형진은 윤중식이 어용 PD라는 걸 안다. 그래서 그에게 슬쩍 찔러준 것이다.

'어용 PD라면 당연히 어용 검사나 어용 판사와 선이 닿아 있겠지.'

해피니스의 힘이 아무리 강하다고 해도 어용 판사쯤 되면 일단은 정권을 위해 영장을 발부할 것이다.

'그리고 해피니스는 절대 그걸 못 막을 테고.'

그러면 노형진의 첫 번째 계획은 성공이다.

"당연히 알지요."

윤중식은 미소를 지으며 말했다.

"확실하게 받아 낼 수 있는 분이 있습니다, 후후후."

그는 자신 있게 말했다.

⚖️

얼마 후 윤중식의 프로에서는 이번 사태를 공개했다.

'버려진 반려동물의 최후'라는 예고가 나갔을 때, 당연히 해피니스에서는 그걸 막기 위해 별의별 짓을 다 했다.

하지만 판검사들도 개인의 이권과 정권의 이권이 붙으면 정권의 이권을 선택할 수밖에 없다.

개인의 이권을 선택하기에는 일단 해피니스가 너무 작은 회사인 데다가, 그랬다가는 정권에 찍혀서 퇴출이 확정적이기 때문이다.

그랬기에 그 프로그램이 방송된 날, 인터넷에는 오로지 그 이야기뿐이었다.

"분위기는 어떻습니까?"

노형진은 강수연에게 질문을 던졌다.

"난리예요, 난리. 해피니스 물건은 죄다 버려지고 있고요. 저희 쪽도 모조리 반품한 상태고요."

해피니스 쪽에서는 워낙 뚜렷한 증거가 나와 버린 탓에 어떻게 막지도 못하고 전전긍긍하는 상황.

"이제부터는 법의 영역이 아니라 정치의 영역입니다."

노형진은 강수연을 보면서 진지하게 말했다.

"이쪽은 송정한 의원님입니다. 원래 저희 새론의 대표 변호사셨지요."

"송정한입니다."

"강수연이에요."

두 사람은 인사를 나눈 후 법에 대해 이야기하기 시작했다.

"일단 강수연 씨의 단체에서 기자회견을 하면서 여론을 환기해 주시면 됩니다. 현재 분위기는 이미 확정적이니까요."

노형진은 강수연에게 차분하게 말했다.

"저희가요?"

"강수연 씨의 단체에서 해야 합니다. 수의사들이 모여서 만든 단체인 만큼 당연히 공신력이 있을 수밖에 없지요."

물론 다른 단체들도 많다. 하지만 공신력이라는 부분에서는 수의사들을 이길 방법이 없다.

'그리고 그런 단체들은 뒤에서 장난질을 너무 많이 친단 말이지.'

진짜로 동물 보호를 위해서가 아니라 돈을 벌기 위해 활동하는 단체도 있고, 또 정치적 목적으로 움직이는 가짜 단체도 있다.

"일단 공신력 있는 단체가 먼저 움직이기 시작하면 다른 단체들은 거기에 따라갈 수밖에 없게 됩니다."

애완동물들이 버려지는 상황은 너무나 확실하고, 그걸 막자고 하는 걸 다른 동물 보호 단체가 저지할 이유는 없다.

"그걸 막으려고 하는 단체는 현재 분위기에서는 아마 해피니스에서 돈 좀 받은 거라고 몰아붙이면 찍소리 못 할 겁니다."

"하아, 실제로 해피니스에서 지원해 주는 단체가 몇몇 있어요."

물론 돈을 주는 건 아니고 사료 같은 걸 지원해 주는 수준이었지만.

"그 사료가 문제가 된 거니까요."

그들이 미치지 않고서야 해피니스 편을 들어 줄 리 없다.

"그리고 내가 그에 맞춰서, 동물 인식표에 대한 강제 조항을 넣은 새로운 법을 발의하면 된다는 거군."

"맞습니다. 현 상황에서는 누구도 그걸 막지 못할 겁니다. 다만 송 의원님이 주의하셔야 할 게 있습니다."

"뭘 말인가?"

"애완동물의 등록에 대한 책임을 생산자에게도 물려야 합니다."

"생산자요?"

강수연은 다소 기분 나쁜 표정이 되었다.

아무리 그래도 동물은 생명인데 생산자라니.

"어쩔 수 없지 않습니까? 한국에서 애완동물의 대부분은 소위 말하는 '공장'에서 나옵니다."

법이 좀 바뀌어서 허가제가 되고 또 시설도 개선하게 되었다고 하나, 여전히 그곳은 공장일 뿐이다.

"물론 그 단어가 기분 나쁠 수는 있겠지요. 하지만 이 경우에는 실보다 득이 더 많습니다."

"어째서 말인가? 업자들의 반대가 심할 텐데."

"이 상황에서 업자들이 반대한다고 한들 과연 그게 먹힐까요?"

업자들은 반려동물을 버리는 자들보다도 더 극소수다. 정치인들이 그들의 편을 들어 줄 리가 없다.

"일단 시스템을 만드는 건 어렵지 않을 겁니다. 이미 한국에 비슷한 시스템이 있으니까요."

돼지와 소는 모두 인식표가 붙어 있고 그 인식표를 통해 출생부터 도축까지 다 하나로 관리된다.

"그걸 애완견용으로만 바꾸기만 하면 되는 일이니, 관리하는 입장에서도 비용은 그리 많이 들지 않을 겁니다."

"오호, 그런 것까지 생각하고 있었나?"

송정한은 흐뭇한 표정이 되었다.

하긴 실제로 있는 프로그램이니 몇 가지만 교체하면 되기는 할 것이다.

"생산자에게 책임을 묻는 건 그 흐름을 추적할 수 있게 된다는 거지요."

만일 주인에게 그 책임을 묻게 된다면, 주인이 법을 무시하고 안 심으면 그만이다.

물론 처벌 규정이 있기는 하지만 그건 벌금 50만 원 정도밖에 되지 않는다.

"그런데 개들은 보험이 없지요."

"아……."

강수연은 노형진이 왜 아예 생산, 그러니까 출생하자마자 등록해야 한다고 하는지 알 것 같았다.

"개들이 아프면 돈이 많이 들기는 하지요."

그녀 스스로가 수의사이기 때문에 안다.

어떻게 보면 사람보다 더 돈이 많이 드는 게 개다.

사람은 보험이 적용되지만 애완동물은 아니니까.

특히 순혈이라고 하는 견종들은 대부분이 유전적 질환을 가지고 있어서 그에 따른 치료비가 거의 확정적이다.

그 돈은 못해도 수백만 원.

"100% 확률로 수백만 원의 진료비를 낼 것이냐, 아니면 아주 낮은 확률로 걸려서 50만 원의 벌금을 낼 것이냐…….너무 당연한 결과가 나오지요. 더군다나 애완동물 아닙니까? 집 안에서 키우는 경우는 단속도 불가능에 가깝습니다."

"법을 어기는 선택을 할 가능성이 높다는 거군."

송정한은 바로 이해가 간다는 듯 고개를 끄덕거렸다.

"그러니 생산자에게 그 책임을 물어야 합니다. 일반적으로 집에서 키우는 개라고 해도 임신하면 동물 병원에 한 번은 가야 하니까, 그 사실에 대해 동물 병원에도 시스템상의 등록 의무를 줘야지요."

동물 병원에서 미등록 반려동물에 대한 신고를 강제하는 정도만 해도 현실적으로 반려동물을 버리는 것은 불가능해질 것이다.

"물론 여전히 문제가 없는 건 아니겠지만요."

가령 그렇게 출생한 동물 중에서 분양되지 않은 동물에 대해서는 어떻게 할 것인가 같은 문제도 있지만, 일단 추적이 가능해진다면 그 이후에 벌어지는 애완동물의 유기 같은 것도 해결할 수 있게 된다.

"그리고 그렇게 되면 애니멀 호더들도 시스템에 등록돼서 무차별적으로 분양받는 걸 막을 수 있을 겁니다."

"애니멀 호더들! 그러네요! 내가 왜 그 생각을 못 했지?"

애니멀 호더. 쉽게 말해서 동물 수집가들이다.

동물을 키우는 데 집중하는 게 아니라 그 숫자를 늘리거나 갈아 치우는 데 집착하는 인간들.

대부분의 유기견은 그런 애니멀 호더들에게서 나온다.

"제가 해 드릴 수 있는 부분은 여기까지입니다."

노형진은 담담하게 말했다.

"제가 한 말들이 비정하다고 생각하실 수도 있겠지만, 때로는 비정해야 관리가 가능합니다. 생각해 보세요. 우리가 먹는 과자 하나까지 모두 관리 대상입니다. 그런데 왜 애완동물은 그렇게 관리하면 안 됩니까?"

애완동물은 법적으로도 물건이다.

그런데 동물 보호론자들은 애완동물은 감정을 나눌 수 있다며 관리 대상이 되면 안 된다고 주장한다.

"그건 개소리죠."

그렇기에 더더욱 관리해야 한다.

그래야 더 많은 피해를 막을 수 있다.

"덕분에 많이 배우네요."

강수연은 착잡한 표정으로 말했다.

수십 년간 해결되지 않던 문제가, 노형진 덕분에 해결책이 보였다.

"이제 이 사건은 제 손을 떠났습니다. 변호사가 법을 만들 수는 없으니까요."

피식 웃는 노형진.

"이제 두 분의 책임만 남았지요."

그 말에 강수연은 강한 어조로 말했다.

"어떻게 해서든 통과시킬게요."

송정한과 강수연의 노력으로, 몇 달 후 반려동물의 강제 등록제가 시행되었다.

물론 개 공장에서는 극렬하게 반대했지만 워낙 지난번 사태의 반향이 커서 그들의 말을 들어 주는 사람은 없었다.

그리고 그러한 법의 통과는 생각지도 못한 사실을 알려 줬다.

"미친놈의 새끼들."

출생과 동시에 강제로 등록시키기 시작하자 반려동물들의 흐름이 드러났는데, 거기서 사람들이 모르던 것, 즉 팔리지 않은 동물들에 대한 진실이 튀어나왔던 것이다.

애견 공장에서 나온 동물들은 각 지역의 동물 가게로 넘겨졌다가 그곳에서 판매되지 않으면 반품되어 공장으로 돌아온다.

그리고 공장 주인들에게 안락사를 당하는데, 그 숫자가 어마어마했다.

당연히 그건 동물 보호법 위반이었고 그런 동물 공장들이 고발당하면서 우후죽순 폐업, 결과적으로 동물들이 필요 이상 '생산'되지 않게 되어 시장도 안정을 찾아가게 되었다.

"별 미친놈들이 다 있다니까."

노형진은 그 뉴스를 보면서 혀를 내둘렀다. 그도 그 부분은 생각하지 못했으니까.

"때로는 인간이 동물만도 못한 것 같네, 진짜."

왠지 인간이 싫어지는 노형진이었다.

다음 권으로 이어집니다

꿈의 도약, 로크에서 하십시오
(주)로크미디어에서 신인 작가를 모십니다

즐거운 세상, 로크미디어는 꿈을 사랑하고 도전을 두려워하지 않는 작가 분들의 참신한 작품을 기다리고 있습니다. 21세기 장르 문학계를 이끌어 갈 차세대 선두 주자 (주)로크미디어에서 여러분의 나래를 활짝 펴 보시길 바랍니다.

모집 분야 판타지와 무협을 포함한 장르 문학
모집 대상 아마추어 작가, 인터넷 작가
모집 기한 수시 모집

작품 접수 시 유의 사항

1. 파일명은 작가명_작품명.hwp형식을 갖춰 주십시오.
1. 파일에 들어갈 내용은 다음과 같습니다.
   — 성명(필명인 경우 실명을 밝혀 주세요), 연락처, 이메일 주소
   — 제목, 기획 의도
   — A4용지 1장 분량의 등장인물 소개
   — A4용지 2장 분량의 전체 줄거리
   — 본문
1. 작품이 인터넷에 연재되고 있다면, 게시판명과 사이트의 구체적이고 정확한 주소를 기재해 주십시오.

선택된 작품은 정식 계약 후 출판물로 간행되어 전국 서점에 유통됩니다.
작가 분은 (주)로크미디어의 전폭적인 지원하에 전속 작가로 활동하시게 됩니다.
※ 자세한 내용은 로크미디어 홈페이지(rokmedia.com)를 참조하세요.

(03920)서울시 마포구 성암로 330 DMC첨단산업센터 3층 318호
(주)로크미디어 편집부 신간 기획 담당자 앞
전화 : 02) 3273-5135
www.rokmedia.com   이메일 : rokmedia@empas.com

공작가 장남은 군대로 가출한다

로튼애플 퓨전 판타지 장편소설

멸망이 예견된 대륙에서 벌어지는 신들의 한판 게임!
차원을 뛰어넘어 신들조차 때려잡을 게임 브레이커가 나타났다!
『공작가 장남은 군대로 가출한다』

끝없이 몰려오는 몬스터의 파도를 맞아
최후의 최후까지 버티던 이정후, 아니 제이든 레온하르트
10여 년 전, '신의 게임'이라는 이름하에 이계로 떨어진 후
생존을 위해 발악하였으나
제국 최강의 가문까지 말아먹고 드디어 죽음을 목전에 둔 순간!

축하합니다. '이정후' 님께서는
갓 게임 베타테스터 중 최후까지 살아남으셨습니다.

……이 모든 일이 베타테스트였다고?

최후의 생존자 특전으로
본게임에서 남들보다 10년 먼저 시작하게 된 제이든
전 대륙을 덮치는 몬스터 웨이브에서
오직 '살아남기 위해' 그가 선택한 길은 바로
대몬스터전 최전방 북부군에 자원입대하는 것!

온 대륙에 멸망의 징조가 나타날 때
군대로 가출했던 그가 돌아온다!
강철의 검과 대륙 최강의 신수(神獸)로 세상을 구원하라!